クトゥルー・ミュトス・ファイルズ
The Cthulhu Mythos Files

呪走！邪神列車砲

林譲治

創土社

クトゥルー架空戦記

目次

プロローグ　昭和一七年五月・ガダルカナル島……3
一章　蛇魂機関……17
二章　ミッドウェー海戦異聞……43
三章　異形の海……75
四章　陰唆大佐……117
五章　ガダルカナル島……149
六章　歩兵第一二四連隊……197
七章　泰緬鉄道……225
八章　インパール作戦異聞……253

プロローグ　昭和一七年五月・ガダルカナル島

「一人も残っていないのか……」

本宮亨《もとみやとおる》陸軍少佐が野営地で目覚めたとき、最初に気がついたのは、人がいないことだった。一〇人いたはずの現地人の姿も消え、それどころか部下である戸山軍曹《とやまぐんそう》の姿も見えない。

野営地にただ一人残され、本宮少佐は天を仰ぐ。しかし、密林のただ中、空は見えない。

野営地には一〇人ほどの人間が野営した跡が確かにある。野生動物に襲われた様子もなく、そもそもこのガダルカナル島にそんな危険な猛獣はいない。

よしんばそんな動物が一〇人の現地人と軍人である戸山軍曹を襲いながら、自分が気がつかないはずがない。

「一服盛《いっぷくも》られたか……」

現地人とわかり合おうと、勧められるままに果実から作ったらしい濁《にご》り酒を口にしたが、あれで逃げられたことに気がつかなかったのか。

「気がつきましたか、機関長！」

音も無く、ジャングルの中から戸山軍曹が現れる。

「案内の現地人は？」

「自分もいまさっき気がついたんですが、全員、逃げたようです。その辺を見て回ったんですが、昨夜のうちに逃げてますな。

敵前逃亡なんざぁ、軍隊なら銃殺もんだ」

「それより、機材は無事か？」

「幸い機材は全部無事です。食料も計測器もそ

プロローグ　昭和一七年五月・ガダルカナル島

のままです。臆病《おくびょう》な連中ですが、盗賊《とうぞく》じゃなかったようですな」
野営地を調べていた戸山軍曹は、ホッとした表情で告げる。こんな場所で機材を失えば、死ねと言われたにも等しい。
「つまり、本当に怖くなって逃げたのか」

ガダルカナル島は、日本では無名に近い孤島だが、大きさは沖縄本島ほどもある。だから島には幾つかの部族が生活していた。

本宮少佐は、そうした部族の中でもオーストラリア人と交流のある部族を見つけだし、道案内と荷物運びのために雇《やと》っていた。

そう書くと簡単そうだが、実際には交渉は難しい。日本はオーストラリアの敵国である。彼らが連合国側に好意を抱いていても不思議はない。

いきなり寝首《ねくび》をかかれたりはしないだろうが、協力を拒否されることも考えねばならない。

よしんば協力してくれたとしても、実は連合軍側のスパイという可能性もある。

そもそも英語で交渉可能な部族を見つけるまでが一苦労《ひとくろう》だ。結局、海軍が占領《せんりょう》したツラギ島の水上機基地から飛行機を出してもらい、海岸近くの集落《しゅうらく》を一つ一つ当たる必要があった。

そうやって、ある部族の協力を得ることができた。それでも条件面では妥協《だきょう》を強《し》いられた。

本宮少佐の要求は、原住民たちの禁忌《きんき》に微妙に触《ふ》れるものであったらしい。

「悪霊《あくりょう》の怒りを招かないように」

との理由から、問題の場所に案内されるのは、本宮少佐と戸山軍曹の二名だけになった。

愛用のモーゼル拳銃だけは携行《けいこう》を認められたが、小銃は置いてゆくよりなかった。その癖《くせ》、案内役の彼らの何人かは小銃を携行していた。

「悪霊に備えるため」

の小銃だと言われたが、彼らに悪意があれば、本宮も戸山もジャングルの中で行方不明《ゆくえふめい》になる。集落で待機《たいき》している部下たちには、きっと、

「悪霊に喰《く》われた」

とでも説明されるだろう。

それでも本宮少佐は条件を飲んだ。これくらいの危険を覚悟しなければ、任務の遂行《すいこう》など覚《おぼ》束《つか》ない。

それに小銃を扱える程度に「文明化」されてい

モーゼル・シュネルフォイヤー（M1931）

る原住民は、それほど多くはない。彼らとの意思の疎通《そつう》を図る上で、このことは重要だ。マッチを擦《す》るたびに驚かれては、話にならないのだ。

ただ、だからと言って日本人が抱《いだ》く「冒険ダン吉」に登場するような原住民をイメージしては痛い目に遭《あ》う。

彼らの社会は機械文明の恩恵《おんけい》に浴《よく》していないだけであり、人間としての能力では日本人と変わらない。原住民でも頭の切れる奴は、天保銭《てんぽうせん》組《ぐみ》並みに頭が切れる。

ようするに環境だ。だからジャングルでの生活という点では、彼らは日本人以上に有能さを発揮《はっき》する。

畢竟《ひっきょう》、自分達がアルコールやらキニーネやらを持ち込んでいるのは、文明化された生身《なまみ》の日本人では、このジャングルで生きられないためだ。生き残るためには、文明の所産が必要なのだ。


「文明化が進んだ集落だと思ったんですが、やっぱり迷信《めいしん》深いんですかね、機関長？」

「文化の違いだ。戸山だって、将門《まさかど》の首塚《くびづか》で一晩野宿《のじゅく》しろって言われたらどうする？」

「自分は構いませんよ。あそこにお参りすれば金運が向くって話ですから。まぁ、でも、わかります」

「それにだ、俺達だって連中は笑えんさ。文化の違いで戦争やってるんだからな。さっさと逃げて大事にしないだけ、あちらさんの方が利口《りこう》かもな」

「機関長、そんな話、文明世界で口にしたら手が後ろに回りますよ」

「だから、ここでするんだよ。それより、ここからは自力《じりき》だな」

「自力って、二人だけで進むんですか？」

「調査は中断できん。いまから戻って増援《ぞうえん》を集めても、連中が案内してくれるのはここまでさ。時間の無駄だ」

「野営地を設定して、荷物を置いて、最低限度の機材で移動ですか」

「そういうことだ。場所はわかってるだろ？」

戸山軍曹は、それには答えず肩をすくめた。

ツラギからの水上偵察機《ていさつき》で見たとき、上空からはジャングルしか見えなかった。しかし、いざ歩いてみると、原住民たちが案内を拒否した忌《い》み地への道程《どうてい》は迷いようがなかった。

「どうして連中はこの先に進まないんですかね、機関長？」

「ここの部族のタブーはわからん。ただ、タブーにはそれが存在する理由がある。彼らの話では、一つは、そこが彼らの墓場のような場所だと言うことだ」

「墓場ねぇ、なら墓参りはタブーなんですかね？」

「だから墓場のようなものだ。埋葬《まいそう》場所は別にあるが、何らかの禁忌を冒した人間は、死ぬと忌み地に捨てられる。

そうした死体は翌日には跡形《あとかた》も無く消えているらしい」

「それが、例の巨人の仕業《しわざ》だと？」

「そこがはっきりしない。自分にとっても英語は外国語、彼らにとっても英語は外国語だ。微妙に伝わらん。

ただ巨人か、巨人の眷属《けんぞく》かが死体を地下に運ぶという伝承《でんしょう》だ」

「まぁ、このジャングルなら、どっちみち死体は一日もあれば骨にされますわな。巨人がいるとは限りません……」

そう口にしていた戸山軍曹の言葉が止まる。ジャングルの下草《したくさ》を鉈《なた》で伐採《ばっさい》していた二人は、突如《とつじょ》として現れた光景《こうけい》に、気持ちを表す言葉を忘れた。

二人の前に鉈で断《た》ち切ったように、密林の中のトンネルが現れる。密林の鬱蒼《うっそう》とした樹木を円筒《えんとう》形のように切り抜いた空間が。

トンネルの通路に当たる部分には、不定形だが、厚さ五センチほどの黒い石板が、投げるように並べられている。大人二人が通過できるほどの幅《はば》はあるだろう。

普通なら、そんな石板などすぐにジャングルの草木に埋もれてしまうはずだ。だが、石板は草木に埋もれるどころか、苔《こけ》さえも生《は》えていない。まるでその空間だけは、草木が生えるのを拒否するかのようだ。

そうしてジャングルの中に樹木のトンネルができている。それは、石板から何かの力が放射されているかのように、鬱蒼とする樹木の中に円形の断面を生んでいた。

そこには何かの意思のようなものが感じられる。その不自然さは、原住民たちが、ここを忌み地とするのも理解できる。

「機関長、虫の声ひとつしませんぜ」

「あぁ、そうだな」

石板の上に作られた樹木のトンネルの中に入ると、それまでの鳥や昆虫のざわめきが、一切《いっさい》聞こえなくなった。

蒸し暑かった空気も、このトンネルの中だけは、妙に乾燥し、冷ややかだ。そしてかすかに硫黄《いおう》のような腐臭《ふしゅう》がする。

「行くぞ」

立ちすくんだかに見えた戸山軍曹の背中を言葉で押すように、本宮少佐は彼の肩に手をかけ、前進する。

懐中電灯《かいちゅうでんとう》を取り出そうとした二人だが、すぐにその手を止めた。照明もこぼれ、陽さえないはずだが、なぜか二人には石板の作り出す空間の様子が見えた。

例えるなら、そこは暗い光で満ちているとでもなろうか。暗い光に照らされても、影はできない。

二人は地上を歩いているはずだが、ついつい地下に向かっているような感覚を覚えた。気になるので水準器を時々石板の上に置いてみても、それは水平を指している。

「機関長、かれこれ五キロは歩いているんじゃないですか？」

密林を歩くのに比べれば、石板で舗装された道は歩きやすい。腕時計を見れば、それくらいの時間は経過していた。じっさい振り返っても入り口はすでに遠い。

「おかしいな、確かに」

違和感は本宮少佐も感じていた。自分達は現《げん》世《せ》とは違う場所を歩いている。と言うより、現世から切り離されたという感覚を彼は最前より感じていた。

それは気のせいと自分に言い聞かせていたが、直感の方が正しかったらしい。

二人がそこで再び前を向いたとき、周囲の景《け》色《しき》が変わっていた。そこは巨大な地下空間だった。石板の通路こそ代わり映《ば》えしていなかったが、周囲の樹木は消え、頭上には岩の屋根が広がっている。

それらは黒緑の燐光《りんこう》としか形容のしようがない光に包まれていた。

「ここが巨人の棲《す》み家《か》なんですかね？」

あえておどけた口調で戸山軍曹は訊《き》いてくるが、それはあまり成功していない。声の震《ふる》えは隠せなかった。

「巨人が、この通路を歩けるか？　少なくともここは巨人の通り道じゃない。見ろ、あれを！」

地下の大空洞《だいくうどう》に湖があった。その中心に城が浮いている。緑色の淡い光をまとっていたが、本宮少佐も戸山軍曹も、こんな光を見たことがなかった。

「モンなんとかって城みたいですね」

「モン・サン・ミシェルのことか？　確かに似てるな」

「機関長はご存じで？」

「フランス駐在《ちゅうざい》武官時代にな」

それは高い塔を持ち、緑色の燐光をまとった城壁《じょうへき》で囲まれていた。最初は城と思ったが、塔を除けば高さは低い。むしろ城塞《じょうさい》都市と言うべきか。ただ都市としての規模は小さいだろう。

「あれは、どう見ても、巨人の棲む城塞じゃないな」

「でも、あの原住民たちの住居とも違う。連中はあんな綺麗《きれい》に石材を切り出した家には住んじゃいない」

本宮少佐は、ともかく写真を撮影させた。暗いが、燐光を放っているので、映らないことはないはずだ。

石板を離れ、方向を変えて城塞を撮影する。石板からおりた時、足底から何とも言い難《がた》い湿気を感じた。

そこも岩場で、濡《ぬ》れてはいないが、空気が絡《から》みつくような不快感がある。

そうした時だった。城塞の塔から緑色の光が、二人の姿を捉《とら》える。探照灯か何か知らないが、こんな地下でこんな芸当ができるのは剣呑《けんのん》な連中に違いない。

じじつ城塞の方から弓矢が飛んでくる。

「機関長!」

「ここはひとまず退却《たいきゃく》だ!」

「本気で、逃げるんですか?」

そう言いながら、二人は持参したモーゼル自動拳銃に鉄パイプの銃床《じゅうしょう》を取り付ける。戸山軍曹はカービン銃のようにモーゼル拳銃を構えて、緑色の光を放つ塔に向かって銃弾を叩き込む。

「止めろ!　拳銃弾があんな所まで届くか!」

「だって、弓矢は届いてま……」

戸山軍曹は、そこで本宮が退却と言った理由を理解した。あの距離から次々と弓矢を射てくる腕力は、尋常《じんじょう》なものじゃない。

「まさか、巨人?」

「巨人か何か知らんが、ともかく怒ってるのは間違いない!」

城塞からは船が出ていた。一〇以上の櫂《かい》が動いているのがわかるが、漕いでいる人間達の姿は輪郭《りんかく》しかわからない。

ともかく遠近がわからなくなった。暗いせいか、あれが巨人なら、城塞は思っていた以上に遠くにあることになる。そうなのか?

船はすぐに岸に着くと、そのまま本宮らを追ってくる。はげしく弓矢を射《い》てくるが、腕は今ひとつなのか、当たらない。

戸山はモーゼル拳銃をフルオートにして、箱形弾倉《だんそう》を一つ撃ち尽くす。

止めろ、と言いかけた本宮少佐だったが、言葉を辛《かろ》うじて呑み込んだ。追っ手に銃弾は当たっていた。

「巨人じゃないのか？」

伝承では身長四、五メートルほどの巨人が島にいるはずだが、この距離で弾《たま》が当たったなら、追っ手の身長は一メートル前後か。どういうことだ？

戸山の銃撃で、追っ手は怯《ひる》んだかに見えたが、城塞からは次々に船が岸に向かっている。

「急げ！」

本宮少佐は戸山軍曹に先を急がせると、懐《ふところ》から石を取り出す。小さな星形の刻印が施された石。かつて困った時に使えと言われたものだが、どうやら今がその時だ。

「食らえ！」

秘石を投げた瞬間、爆発音のような音と共に空間が揺れ、そして景色が一変する。石板は足元にあるが、それは樹木に覆《おお》われつつあった。

「機関長、これは！」

「いいから進め！」

本宮少佐は景色が一変するのと同時に、自分の五感が正常に戻ってきたような感覚を覚えた。海から陸に上がったときのように、自分を包む空間が軽い。

「右に進め！」

石板の道は、なぜか二股になっている。本宮には戸山軍曹に言われる前にそれがわかっていた。そう、やはりここは現世。

信じ難いが弓矢もまだ飛んでくる。ほとんどが逸《そ》れるが、一本か二本、背嚢《はいのう》に刺さっているようだ。

石板の道は右に曲がると、数十メートルで途《と》絶《だ》える。しかし、獣道《けものみち》のようなものはあり、ともかく二人は、そこを走り抜けた。自分達の前方は密林の中でも、ほのかに明るいからだ。

しかし、その理由は明らかだった。目の前に大きな川がある。ジャングルを抜けるとすぐに川。河原さえない。

「弾、全部使っていいですよね」

「いや、まだ早い！」

本宮少佐は信号弾を打ちあげる。すると程《ほど》なく海軍の三座《さんざ》水上偵察機が現れ、川に着水する態勢に入る。

操縦《そうじゅう》員は優秀なのだろう、低空で飛びながら川底を巧《たく》みに読んで、フロートがとられないように、接近する。

操縦者は一人、後部席二つに人が乗れる。戸山を先に進ませ、翼《つばさ》とフロートを手がかりに、機体に乗せる。

いきなり戸山が後部の機銃座に取りつくと、本宮に叫ぶ。

「頭！」

本宮が身をすくめると、頭上を曳光弾《えいこうだん》が飛んで行く。そこには先ほどの追っ手の一団が、見えた。主翼に本宮がしがみつくと、水偵は弓矢が飛び交《か》う中、川を滑水《かっすい》して行く。

まるでサーカスだと思いながら、戸山の手を

零式水上偵察機（十二試三座水上偵察機）

借りて席に着いたときには、水偵は高度一〇〇メートルには達していた。

眼下のガダルカナル島は、何ごともなかったかのように、ジャングルに覆われていた。

「飛行機の操縦なんて、何時《いつ》習ったんだ、兄貴？」

本宮が操縦席の男に呼び掛けた。

「海軍兵学校を舐《な》めるなってことだ、陸軍さんよ！」

東条英機直属の秘密組織、蛇魂《だごん》機関ができて半年、本宮らの最初の海外遠征《えんせいち》地であるガダルカナル島での調査行は、こうして波乱の幕開けを迎えたのであった。

一章　蛇魂機関

「この辺だったはずだが……」

本宮は手帳に書き写した地図を確認する。確かに幹線道路に間違いはない。

「百人町《ひゃくにんちょう》だよな、ここは」

土地鑑があるからとうぬぼれていたが、数年の間に町の様子は変わっていたようだ。

大久保百人町は、昭和一六年の秋口《あきぐち》のいまは、市民からは山の手というイメージを抱かれていた。

ただ本宮亨陸軍少佐のような人物には、百人町界隈《かいわい》は特別な意味を持っている。百人町には陸軍施設が多いこともある。

だがそれ以上に、ここは二二六事件の思想的指導者と目《もく》された北一輝《きたいっき》の住んでいた土地でもあった。

本宮少佐自身は、二二六事件の青年将校らの運動には関わっていなかったが、処刑された人間の何人かは陸士時代の知り合いであった。

また二二六事件とはまったく別の事柄《ことがら》で、北一輝個人とも接触《せっしょく》したことがある。ある種の集まりに互いに同席していただけの関係だが、確かに傑人《けつじん》だったという印象は受けていた。

じっさい一度だけだが、本宮少佐も二二六事件に関して事情を訊かれたことがある。

それはあくまでも聞き取り調査でしかなかったが、現役陸軍将校の自分に対する聞き取り調査であの調子なら、取り調べや尋問《じんもん》となれば、何が行われたか想像に難くない。

羹《あつもの》に懲《こ》りて膾《なます》を吹くわけでもないが、あれ以降、本宮少佐は公務でもない限りは百人町に足を向けないようにしていた。

事件から五年。だがその五年で百人町界隈だけでなく、日本そのものが大きく変わった。

陸軍大尉の身分で東京帝国大学で学ぶなどと言う恩恵に浴せるのも、あるいは自分達で最後かもしれぬ。

そんな彼が久々に私服で百人町を訪れたのは、ある人物に呼ばれたためだ。

「ここか……」

閑静《かんせい》な住宅街にカフェなどができたために、道を一本間違えた。正しい道に戻ると、そこには広い敷地《しきち》に建つ煉瓦《れんが》造りの洋館があった。表札には、根来《ねごろ》と書かれている。

根来家は、現当主こそ帝国大学教授だが、元々は武家《ぶけ》の出で、水戸《みと》だか紀州《きしゅう》だか、ともかく徳川御三家《ごさんけ》とも所縁のあるの家格《かかく》の高い家柄《いえがら》であるらしい。

元々は小石川の方に屋敷があったとも聞くが、根来教授の代になって、百人町に洋館を建てたのだと言う。ただ門の造りだけは、武家屋敷を思わせる腕木門《うでぎもん》だった。

しかし、純粋に武家屋敷を模《も》したわけでもなく、瓦《かわら》の造作には、西洋のガーゴイルを模したような鬼瓦が飾ってあった。

表札の下のボタンを押すと、どこか遠くでベルでもブザーでもなく、鐘《かね》の鳴るような音がした。

根来教授は、本宮少佐が帝大で学んでいたときの恩師《おんし》だが、自宅に招かれたのは今日が初めてだった。

もっともそれについて違和感はない。自分は参謀本部勤務の陸軍将校であり、根来教授は政官財に豊富な人脈を持っている。

世情《せじょう》では「開戦間近《まぢか》」との風説も少なくない。教え子の本宮から陸軍の情報を得ようとするのは理解できる話だ。

もちろん本宮もまた、政官の情報を根来教授から得るつもりでいた。

「お待ちしておりました」

若い小柄な書生風の青年が本宮を出迎えた。顔立ちは根来教授に似ている気もするが、

「女にしたいような」

と言いたくなる美男子だ。

ただ本宮は職業柄違和感も感じた。帝大教授の親戚《しんせき》か書生かは知らないが、いまどき大の男が兵役《へいえき》にも就《つ》いていないというのは信じ難い。

ただそのことをここで問いただすことは本宮もしなかった。さすがにそれは無礼《ぶれい》であろうから。

本宮が案内されたのは、洋館の奥にある根来教授の応接室だった。ヨーロッパ風の広い部屋で、無駄な調度類はなく、暖炉《だんろ》には薪《まき》がくべられていた。

ただ窓は小さく、照明が点《つ》いていないため、灯りは暖炉の炎だけだ。

「ご無沙汰《ぶさた》しております」

本宮が恩師に挨拶《あいさつ》すると、根来教授は彼を労《ねぎら》うと共に、傍《かたわ》らに話しかける。

「彼です」

根来教授が、暗がりに向かって顔を向ける。暖炉の炎に照らされる部屋の奥に、根来と本宮以外の人物がいた。本宮にさえ気配《けはい》を感じさせないこの人物。誰かわからないが、ただ者ではあるまい。

「やはり、貴官だったか」

その声に、本宮少佐は飛び上がらんばかりに驚いた。なるほどただ者ではない。その人物は東条英機《とうじょうひでき》首相兼参謀長、つまりは本宮少佐の雲の上の上司である。

「先生……これは……」

何を言うべきかわからない本宮に、東条首相は言う。

「根来先生が悪いわけではない。無理を言ったのはこの儂だ。まぁ、掛けたまえ」

東条は、ここが自宅であるかのように、本宮に椅子《いす》を勧める。

「では、私はこれで」

役割を果たしたから、と言うより、厄介《やっかい》ごとから逃げるかのように、当主である根来教授は応接室を後にした。

「知っての通り、儂《わし》も忙しい身だ。要件に入ろう」

「はい」

しかし、本宮は状況がまるでわからない。東条首相が何かの人材について根来教授に相談し、根来教授が自分を推薦《すいせん》し、自宅に招いたらしいのはわかる。

だが東条が何を求め、根来が自分の何を適任と認めたかがわからない。帝大で学んだことか？　しかし、そんな陸軍将校は他にもたくさんいるだろう。

「君は英米との戦争が起こると思うかね？」

本宮のそれに対する率直な感情は反発だった。戦争が起こるもなにも、それを決定する立場にあるのはあなたではないか。

「自分にはそのようなことはわかりません。また判断する立場にもありません」

もう少し言葉を選ぶべきなのだろう。そう思う前に言葉が出ていた。

ただ東条首相には、却《かえ》ってそんな本宮少佐の態度が好ましかったらしい。

「戦争は起こるのだよ、少佐」

東条首相はそう述べた。本宮は根来教授がこの場を離れた理由をいまごろ理解した。ここでこれから交わされるであろう会話は、どれも国家機密に属する内容なのだ。

知ることそのものが災いをもたらすなら、席を外すのが賢明《けんめい》な対応だろう。

「貴官は知らないと思うが、総力戦研究所という組織がある。もうすぐに解散するが、そこでは日本が戦争となった場合に国家がどうなるか、統計などを元に研究してきた。

つい先日だが、報告書が儂の下に届いた。見事な分析《ぶんせき》だった」

「その結論は？」

「英米との戦争になれば、日本は敗北する。それが彼らの結論だ」

相変わらず東条首相は、影のなかで、存在感だけを示している。その表情は読めないが、声は妙に自信に満ちていた。

自分が引き起こすであろう戦争が、自分達の敗北に終わるという結論が出ているにもかかわらず、彼の自信はどこからくる。

「それでも戦争を避《さ》けられないのですか?」

「貴官は職業軍人だから、わからんだろう。儂もそうだった。世の中には、一国の宰相《さいしょう》になって、はじめて見えてくることもある。

宰相の仕事とは何か?」

「陛下《へいか》の補弼《ほひつ》ですか?」

「君は儂の何を恐れている。儂も忙しいのだ。君の言葉尻を捉えてどうこうするつもりはない。公式見解なら、あえて尋《たず》ねたりはせん。

まぁ、いい。宰相の仕事とは、畢竟、国民の願望を叶《かな》えることだ。そして国民は戦争を望んでいる。なら開戦をしないわけにはいかん」

「国民が戦争を望んでいるのですか、本当に?」

「今日の日本は、富裕な上位百分の一の人間が、国富の一割を保有している。富裕層を一割の人間に広げれば、国富の六割が彼らのものだ。

ヨーロッパの歴史を見れば、これはもういつ革命が起きても不思議ではない水準だ。

わかるか、国民の九割で国富の四割を分け合っているのが、いまの帝国の姿だ。

だから国民の大多数は戦争を望んでいる。勝ち負けすら国民にとっては二義的なものだ。戦争により現下《げんか》の閉塞《へいそく》状況を打破《だは》すること。それだけ国民はを望んでいるのだよ。

国民は、すでに政党政治には裏切られたと感じている。彼らは改革者として我々軍部に期待している」

「それはつまり、国民は戦争を望んでいると言うよりも、軍部による現状打破の結果としての戦争を容認しているということでしょうか？」

「そう、国民が期待する戦争は、目的ではなく結果だ。だがそんな違いは、いざ戦争になれば雲散霧消《うんさんむしょう》する。

君も参謀本部の人間なら、列強との戦争が総力戦にならざるを得ないことは理解しているだろう。

だが総力戦を行えば、国民は塗炭《とたん》の苦しみに喘ぐだけではなく、日本は勝つことはできない。

なるほど国土が荒廃《こうはい》すれば、富裕層は消えるかもしれん。一億すべてが赤貧《せきひん》に喘《あえ》ぐなら、それもまた平等な社会だろう。

だが、それは国民が真に望んだ未来ではない。まして宰相たる自分が選ぶべき未来でもない。国民が戦争を望むとしても、負け戦は望んでおらんのだ」

「しかし、開戦すれば勝てない」

「だからこそ、君を招いた」

本宮が知る東条英機参謀長は、こんなことを饒舌《じょうぜつ》に語る人間ではなかった。しかも本宮が戦争に勝つために必要であるかのように仄《ほの》めかすとは、正気《しょうき》を失ったのか？

「儂は正気だ」

東条は本宮の胸中《きょうちゅう》を見透《みす》かしているかのようだった。

「総力戦研究所の分析は一流の仕事だ。ただ彼らの研究の前提は、物質主義によるものだ。まぁ、総力戦とはそういうものだ。

物質主義で勝てないなら、日本は、他に戦勝のための方策を講《こう》じねばならぬ」

「それが自分と何か……」

「物質は有限だ。しかし、精神力だけは無尽蔵《むじんぞう》だ。その無尽蔵の精神力で闘えるなら、勝たなくとも良い、日本は敗北を免《まぬが》れる」

「自分には閣下《かっか》の仰《おっしゃ》ることが理解できないのですが……」

「だろうな。いきなりこんな話をされれば、儂の正気を疑われても仕方がない」

東条はそこで立ち上がると、自らグラスをとり、琥珀《こはく》色の液体を注《そそ》ぐ。そして一つを手ずから本宮の前にあるテーブルに置いた。


東条に促《うなが》されるまま、本宮はグラスを手に取る。かなり高級なブランデーの香りがした。一口、口をつけると、それだけで身体の中が燃えるような衝撃《しょうげき》が走り、すぐに止《や》む。

「儂のことを憲兵《けんぺい》宰相と呼ぶ者がいる。まぁ、否定はしない。じつは根来教授の推薦を受けてから、君のことは調べさせてもらった。君の兄上ともどもだ」

「兄は、海軍ですが……」

「国家の大事の前に、陸軍も海軍もない。君たち兄弟は特別な能力があるようだ。

君が海で溺《おぼ》れ、助けようとした兄上も溺れ、救助されたときは二人とも医師により死亡が確認された。

だが葬儀《そうぎ》の前に、君たちは生き返った。そしてそれ以来、人智《じんち》を超えた能力、あるいは感覚が発現した。違うかね」

「なぜ……憲兵隊がそれを？」

「日本は文明国なのだよ。水戸の海岸での事故のことは、警察にも病院にも役所にも、ちゃんと然《しか》るべき記録がある。

警察には事故の報告、病院には死亡診断書、役所には葬儀の手続きとね。

この日本国において、誰にも知られずに生まれたり、死んだりすることはないのだ。日本国に生まれたら、その瞬間からその人物を国は把《は》握《あく》する。特に男子はな。

教育から就職、結婚、そして死亡まで、すべての足跡が記録として残るのだ。

だから我々は君のご両親が亡くなったことも把握している。父君は地元の在郷《ざいごう》軍人会の中心的人物だった。優秀な工兵少佐であったと記録にある。

台風《たいふう》で決壊《けっかい》しようとした堤防《ていぼう》を、工兵であった父君は最後まで守ろうとした。それは残念ながら、最後の最後で叶わなかったが、多くの人命が救われた。

あの事故がなかりせば、工兵少佐として現役《げんえき》復帰し、帝国のために奉公《ほうこう》できたであろうな」

「父のことまで……」

「なぜ驚く。君も職業軍人ならわかるだろ。こうした個人の詳細な記録があればこそ、徴兵《ちょうへい》制度や国民皆兵《かいへい》が機能するのだとな。

で、どうだね？」

「人智を超えた能力なのかどうかは、わかりませんが、ある種の異形《いぎょう》のものを感じることはあります。感覚というなら、兄の方が優《すぐ》れているでしょう。

ただ、それを具体的に言葉で説明しろと言われると、自分にはなんと言って良いのかわかりかねます」

「まぁ、そうだろう。

儂が君をここに呼んだのは、そういう能力のためだけではない。君の経歴を見るに、君と兄上の——適当な言葉もないので能力と呼ばせてもらうが——能力は、優劣《ゆうれつ》ではないようだ。

君は広く感知し、兄上は狭く深く感知する。まぁ、そうした表現が適当かどうかはわからんがな。

君が根来教授の下で、人類学の学徒《がくと》として東京帝大で学び、満州から中国、チベットにまで足を延ばしたことは知っている。

君は、そこで尋常ならざる体験をしてきた。霊峰《れいほう》と呼ばれてきた山々、聖地として畏《おそ》れられてきた土地、それらに立ち入り、名状しがたきものたちに襲われたにもかかわらず、調査隊で君だけが生還できたことも、一度や二度ではあるまい」

「そんなことまで……」

「驚く事かね。帝大の遠征隊は、税金で動くのだ。記録を提出しなければ、税金は動かぬ。国家とはそういうものだ。

根来教授によれば、どうやら君は、特別の星の下に生まれているらしい。ユゴス星やアルデバランの配置が百年に一度、宇宙からの力が地球を貫《つらぬ》く瞬間に君は生まれたのだそうだ」

「自分と誕生日が同じ人間なら、世間にごまんといると思いますが」

「誕生日ではない。瞬間なのだ。天体は常に動いている。適切な位置関係が成り立つのは百年のなかで数分に過ぎぬ。君はその数分の間に生まれた。

君の出生記録には、ちゃんと時間も記録されているのだよ。文明国だからこそ、それがわかるのだ。

君が過去に経験したであろう、人智を超えた経験も、理由の幾ばくかはこのことと無縁ではないのだよ」

それは本宮少佐にとっては、封印《ふういん》したい記憶であった。正体不明の「魔」に魅入《みい》られ、調査に赴き、自分だけが生還した。

彼が自分の能力を人に秘する一番の理由は、そこにあった。

「ここまで話せば、儂の意図《いと》もわかろう。この世界には、西欧人が非科学的と切り捨てた、人智を超えた精神的な世界がある。

そこには無尽蔵の力がある。その力を活用すれば、我々は西欧の物質主義に真に勝利することができる。

君ならこんな話を荒唐無稽《こうとうむけい》とは思うまい。君自身、目にしてきたはずだ。エジプトのピラミッド然り、アンコールワットの遺跡然り、産業革命以前のアジア、アフリカには現代人でも建設不可能な巨大建造物が幾つもある。

彼らは如何《いか》にして、巨石を切り出し、それを何千キロも移動できたのか？　古代文明にはそれを可能とした叡智《えいち》があった。西欧物質主義に勝る無尽蔵の精神力を、古代文明は手にしていた。

　その叡智は不幸にして失われた。あるいは、古代人たちは、それが強大な力故に封印したのかも知れぬ。

　だが、大東亜《だいとうあ》戦争は、西欧物質文明に対する東洋精神文明の戦争である。我々には、古代人が封印した精神文明の封印を解く資格がある。それをこの戦争で再び発掘する義務がある。

　そのための機関を組織したい。表向きは参謀本部第二部直轄の特殊測量部とする。人材募集、予算執行《しっこう》などの事務処理、経理処理は、そこを介して行われる。

　君は、その機関の長として、最前線で働いてもらいたい。必要なら、君の兄上を加える事も可能だ」

「先ほども申し上げたように、兄は現役の海軍将校ですが……」

「わかっている。それについては、すでに嶋田《しまだ》さんと話がついている。」

　嶋田さんとは嶋田海軍大臣のことだろう。人事を担当する海軍省のトップと話が通じているなら、誰も止めることはできまい。

「君の兄上を加えるのは、単に血縁だけの問題ではない。君は兄上についてどれくらい知っているのかね？」

「潜水艦乗りである、それくらいですが」

「だろうな。君の兄上は、なかなか口が固い人物であるようだ。

儂も嶋田さんに教えられて知ったのだが、海軍にも我々が組織しようとしているものと、類似の機関があるらしい。君の兄上はそうした機関の幹部なのだよ。目的は我々のものとは異なるようだが」

「兄が……ですか？」

「ここで嘘を言っても仕方あるまい。

わかると思うが、陸海軍で似たような組織を維持するのは無駄であり、国家の損失だ。だから嶋田さんとも話し合い、二つの機関は統合されることになる。

ただ、兄上が加わったとしても、統合された機関が参謀本部の隷下《れいか》にある以上は、君が機関長だ。引き受けてくれるな？」

海軍大臣にまで話が通っているのに、否《いな》と言えるはずもない。

「機関の名前は？　特殊測量部が正式名称としても、実働《じつどう》部隊は別と言うことであれば、それの呼称《こしょう》は？」

「それは君が決めたまえ。機関長としても、初仕事だ」

「蛇魂機関《だごんきかん》」

なぜか本宮の口から、そんな呼称が放たれた。そしてそれが本宮を長とする機関の呼称となった。

参謀本部第二部とは情報担当の部署である。

そこに所属する形で設立された特殊測量部は、近衛師団《このえしだん》などが置かれている代官町《だいかんちょう》の教育総監部の施設を間借《まが》りする形で、事務所を開いた。

教育総監部もあり近衛師団もあり、少し離れて造兵廠《ぞうへいしょう》東京工廠《こうしょう》もあり、特殊機材等を持ち込んでも怪しまれない利点があった。

何よりも、百人町の根来教授の邸宅にも通いやすい立地である。蛇魂機関の命名が本宮少佐の最初の仕事なら、二番目の仕事が根来教授を属託《しょくたく》として雇用することだった。

専門知識と人物の信頼性で、彼に勝る人物はいない。東条英機首相も、この件については快諾《かいだく》してくれた。

「父がお待ちしております」

その日も本宮少佐は、根来教授の邸宅を訪れていた。玄関で迎えてくれたのは、あの「青年」である。

じつはそれは根来教授の一人娘、根来龍子《りゅうこ》であった。女にしたいような美青年も何も、あの書生は女性だったのだ。

時節柄、若い女性と言えども華美な服装は慎《つつし》むようにとの父の言いつけから、書生風の恰好でいたという。

しかし、若い女性と言うことがわかってしまうと、男装の麗人《れいじん》には独特の色香《いろか》があった。

別に龍子がいるから通っているわけではないが、根来家を訪れる楽しみの一つなのもまた間違いない。

もっとも根来教授の意向もあり、彼女は応接室に本宮を案内すると、彼が辞去するまで姿を見せることはなかった。

「人材は集まっているのかね？」

最後の最後まで蛇魂機関の属託になることを拒んでいた根来教授だが、東条英機首相に一筆《いっぴつ》書いてもらうと、抵抗を諦《あきら》めたのか、承諾してくれた。

むしろ属託として本宮が期待することを、積極的に行ってくれていた。

「そちらは兄に任せています。なかなか適材はおりませんが、戸山与之助《よのすけ》という男が先日加わりました」

「彼も臨死体験があるのかね?」

「和歌山の漁師の倅《せがれ》で、子供のころに溺れたとかで。船に乗らないですむように、陸軍に志願したという男です。

兄が一目見て、能力ありと判断しました。まぁ、どういう能力かはわかりませんが」

「よく見つけたな」

「東条閣下が我々を見つけたのと同様の方法です。警察の記録、病院の記録、あれこれ」

陸士から帝大、陸大と進んだ本宮少佐は職業軍人なのでさほど意識したことはなかったが、蛇魂機関の人材発掘事業を進める中で、改めて日本の徴兵システムの精密さに驚かされた。

各役場などには兵事係がおり、それが地域の兵役対象者のリスト——在郷軍人名簿——を作成し、住所変更その他、まめに更新する。

同じものが各連隊区司令部にあり、動員などが必要になれば、必要な技能——医療であったり、自動車の運転であったり——を持った人材をピックアップし、兵事係を通じて召集令状を渡せるようになっていた。

概《おおむ》ね陸軍大臣が兵員の召集を決定して、一〇時間後には、末端《まったん》に召集令状が届いたという。

とは言え、さすがに在郷軍人名簿にも「特殊な感覚能」などという項目はない。だからとりあえずは、備考欄の既往歴《きおうれき》の類《たぐい》から洗い出した。

あくまでも本宮兄弟の経験から、臨死体験のある人物という条件で選んだ。

それだけの条件で選ぶのが妥当かどうかはわからない。ただ、漠然とした超常的な能力を持つ者を探すのに、他に手がかりもなかった。それに事件や事故なら記録にも残りやすい。

とは言え、普通に考えれば、在郷軍人名簿に臨死体験の有無など記載されているとも思えない。

だが市町村の兵事係には、優秀で仕事熱心な人材が予想以上に多かった。

健康状態や精神状態への備考として、そうした経験について記載されている人間は、本宮らの予想を遥《はる》かに超えていた。

もちろん何十万、何百万という記録の中の何百人という水準だが、それでも精鋭により中隊一つを編制できる規模ではある。

この話は根来教授にも意外な事実であったようだ。

「少しばかり多すぎるとは思わないかね？」

「多すぎるとは？」

「どうなんだろうね、本宮君。そうそう一度死亡が確認されて、再び蘇生《そせい》するような人間が中隊規模、下手をすれば大隊規模でいるだろうか？」

「絶対数は多いように感じますが、一億国民の確率と考えれば、あり得る数字かもしれません」

「まぁ、統計的な調査をしない限り、印象だけで語るわけにはいかんが。

君、その候補者名簿のようなものはあるかな？」

「いまですか？　さすがに名簿の原本は持参しておりませんが、特定の世代に絞《しぼ》った抜粋《ばっすい》ならあります」

「年代で絞る？」

「その人物によっては、引き抜けない人材もありますので。人事の都合《つごう》で」

「なるほど。差し障《さわ》りがなければ、見せてもらえないかな？」

本宮は若干躊躇《じゃっかんためら》ったが、根来教授にリストを見せた。

「これは特定の連隊区から抜粋したのか？」

「いえ、抜粋は年齢だけで、連隊区は一応、本土の連隊すべてを対象としています。それが何か？」

「水戸の歩兵第二連隊と高知の歩兵四四連隊に、臨死体験者が多いようだな。水戸や高知の兵事係が全員優秀という事でもない限り、臨死体験者には地理的な偏《かたよ》りがあることにならないか？」

本宮兄弟は千葉の出身で、佐倉連隊区つまり歩兵第五七連隊区に属している。確かにそこも水戸や高知ほどではないが、臨死体験者が平均より多い。

と言うより、連隊区全体では臨死体験者が一人もいない地域の方が多い。内陸や日本海側はゼロか一、二名で、ほとんどが太平洋に面した連隊区である。

「山の事故より、海の事故の方が多いと言うことでしょうか？」

「なら日本海でも同じはずだ。水難事故が多いという話じゃない。

死亡し、蘇生した事例が多いと言うことだ。その事例には明らかな地理的偏りがある」

二人の間に、しばし、沈黙が流れる。根来教授は黙考し、本宮は状況を咀嚼《そしゃく》できない。

「おそらく……」

一〇分の沈黙の後、根来教授が口を開く。

「これは集合的無意識の作用によるものかもしれん」

「カール・グスタフ・ユングの集合的無意識のことですか？」

「そうだ。

日本人の成り立ちについて諸説あるのは、君も知っているだろう。

太平洋岸、つまり日本人の中でも海洋民的性格の強い人々には、何らかの集合的無意識がいまも働いているのではないか」

「働いているとしても、それと臨死体験の間にどんな関係が？」

「御祓《みそぎ》ならどうだね」

「御祓!?」

「君も日本の委任統治領は知っているだろう。そうした島嶼《とうしょ》帯には、原住民たちには到底建設できないような遺跡が多数、見つかっている。

私自身、海軍からの要望で、可能な限り調査を行ってきた。

　興味深いのは、そうした遺跡には少なからず共通点があることだ。様式とか石の組み方とかな。

　つまりかつて、そうした遺跡を建設できた強大な文明が、あの委任統治領の広大な海域を支配していた」

「チャーチワードが唱えたムー大陸ですか？」

「学者として、私自身は、ムー大陸の存在には懐疑《かいぎ》的だ。地質学的にも、大陸が一夜にして沈むなどと言うことはあるまい。

　だが、ムー伝説の元となった事実の存在までは否定できない。たとえば島嶼帯を交流する海洋民族による文明だ。それなら考えられる」

「しかし、それならどうして、そうした高度な文明を形作った島嶼帯の多くが、西欧の領土となったのです？」

「いまも言ったように、ムー大陸は伝説としても、伝説の元になった文明はあったのだろう。おそらくそれは太平洋の島嶼帯を植民地としてきた。そうした文明は発達した官僚機構を持っていたであろうし、植民地も本国に近いほど階位が高いような階層構造をもっていた。

　それは委任統治領などの伝説でわかる。民度の低い地域では、文明の担《にな》い手は海の向こうから現れた。

　しかし、比較的民度の高い地域では、島の支配者と海の向こうからやってきた文明の担い手との婚姻《こんいん》が語られる」

「ムー大陸の伝説の元となった文明は、中央集権体制を築いていた、と？」

「中央集権プラス階層性だ。そう江戸期の幕藩《ばくはん》体制だ。将軍家が頂点にあり、その下に譜代《ふだい》が置かれ、その下に外様《とざま》がある。たぶんそうした構造だったのだろう。

だが中核となっていた島がポンペイのように火山で滅んだらどうなるか？　植民地である島々は文明を失い、西欧の軍門に降《くだ》ることになる。

例えばだ、イースター島を知っているかね？　巨大なモアイ像が幾つも建立《こんりゅう》されている絶海の孤島だ。

その島には整備された道路があるが、それはなぜか海岸で断ち切られているそうだ。道路ごと地面が沈んでしまったようにね。

そうした例はイースター島に限らず、委任統治領内の島嶼で幾つも見つかっている。

だから、大陸沈没の伝説の元となった事実としての天変地異《てんぺんちい》はあったのだろう。おそらくはムー伝説の元となった文明の中心となる島があり、そこが火山の噴火か何かで滅んだとかね」

「それと御祓がどういう関係が？」

「今日、南洋の諸部族は太平洋にまたがる文明など築いていない。それはなぜか？

海洋の諸民族を結ぶ、文明の支配民族が滅《ほろ》びたためだ。

彼らだけが、この太平洋全域を自由に航行する技《わざ》を持っていた。真の海洋民族だよ。

だが、彼らは本当に滅んだのか？

母国が滅んだとき、一部の人間は難を逃れるために、大洋を渡ったとしたらどうか」

「その支配民族の子孫が日本列島の太平洋側に避難《ひなん》し、定住したと？」

「たとえば古事記《こじき》に記《しる》されている建国神話は、日本を島国と認識している。大陸でも世界のすべてでもない、島だ。

日本列島を島と認識できるのは、海洋民族以外にはありえまい。また天鳥船神《あめのとりふねのかみ》の伝承もまた、それらが船で日本列島に渡ったことを意味している。ただ、その天鳥船神が本当に船なのかには疑問はあるがね。神々の日本列島を見る視点は、どう考えても船舶ではなく飛行機だ。

まぁ、大災害を逃げ延びた支配民族が、日本列島に何でやって来たかはこの際重要ではない。船かも知れないし、何らかの飛行機かも知れない。重要なのは、それは高度な文明の所産であることだ」

根来教授は、本宮が自分の話についてきているか、確認するように言葉を続けた。

「太平洋の島々の部族は、大洋を渡る航海術について、知識も道具もない。六分儀《ろくぶんぎ》とは言わないが、羅針盤《らしんばん》さえ持っていない。

伝説のムー帝国は、伝承通りなら飛行機さえ保有していたというではないか。

じっさい飛行機のようなものを副葬品《ふくそう》などに模している部族はある。まぁ、それがいまの彼らにとっての限界なのだろう。

彼らにできたのは、あくまでも祖先が目にしてきた、先進文明の産物の形状を模倣《もほう》することだけだった。

は示せない。ところがだ、彼らは高度な先進文明を目撃し、その指導で巨石による建造物まで建設しながら、道具が一切残っていないのだ。それどころか石が勝手に移動したという伝承さえある。それも複数の遺跡で。生活に巨石文化など必要のないいまの彼らなら、そうした道具を土に還《かえ》るがままに放置することもありえるだろう。

しかし、島嶼に生活している彼らなら、羅針盤は必要じゃないか。それがあれば漁場だって拡大できる。知識さえあれば、島の材料で作ることも難しくない。

江戸時代の日本人にも作れたのだ、南洋の部族だって身近な材料で作れたはずだ。なのに彼らはそうしたものを持たなかった。なぜだと思う？」

「さぁ、わかりませんが」

もっとも本宮にとっては根来教授が話をどこに持っていきたいのか、そっちの方がわからない。この人は、昔から話が遠い。

「先進文明を作ってきた支配民族には、そんなものは不要だったからだ。彼らは、超常的な感覚を持っていたが故《ゆえ》に、羅針盤も六分儀も使うことなく、大洋を自由に航行できたのだ。

だから彼らが植民地である島々から消えた後、南洋の諸部族は航海術を失った。道具など最初からなかったわけだからな」

「そのムー大陸伝説の元となった文明では、道具など用いずに、超常的な感覚だけで問題を解決したと仰るのですか？」

「証拠は？　と言いたいのだろ。残念ながら論より証拠理学でも明らかなように、無いことの証明は困難だ。

ただ状況証拠は挙げられる。たとえば島嶼帯に残る巨石の遺跡だ。

君は不思議に思わないか？　遺跡があれだけ残っているのに、どうして遺跡を建設した道具は一つも残っていないのか？

関東大震災の頃、君は陸軍士官学校に入ったばかりだったね？」

「はい、そうです」

「あの時のことを思い出してみたまえ。帝都は、一面の焼け野原になっていた。日本は木造家屋《かおく》が多かったからな。

しかしだ、それでも焼け跡には、日常生活で使われていた鍋釜《なべかま》など、金属製の道具が幾つも残っていた。

だが今言ったような文明の植民地であっただろう、委任統治領の島々には、遺跡だけが残り、道具は何も残っていない。

彼らは道具を用いずに巨石さえも動かせた、精神力の持ち主だった。そう考えれば、すべてが付合《ふごう》する。

君は御祓の意味を尋ねたが、私は思うのだ。彼らの末裔《まつえい》もそうでない者も、この大日本帝国で日本人として暮らしている。

つまり生物学的に、彼らも他の民族も大きく変わるところはないのだ。変わるのは唯一《ゆいいつ》、精神文化だけではないか。

そうした民族の末裔は、連綿《れんめん》として受け継《つ》がれてきた集合的無意識を共有できる。御祓さえ済ませるならば」

「それが臨死体験だと？」

「臨死体験は適切な呼び方ではないだろう。おそらくな。むしろそれは、生と死の超克《ちょうこく》、それを成し遂《と》げたものだけが、集合的無意識としての超常的感覚を持つことができる。

兵事係の資料が示しているのは、そういうことではないのか」

根来教授の仮説は、本宮には俄《にわか》には受け入れがたかった。あまりにも仮定が多すぎ、物的な証拠が少ないからだ。

それは彼の元で、人類学を学んだ本宮少佐の学徒としての立場である。

だが、一方で、本宮亨個人としては、その仮説が腑《ふ》に落ちた。

「どうして先生は、そのような仮説を思いつかれたのですか？」

それに対する根来教授の返答を、本宮はなぜか聞く前からわかっていた。

「思いついたのではない。わかったんだよ、そのことが。そう、感覚として、事実であることがね」

根来教授の表情は、輝いていた。真理を会得《えとく》したことに満足したように。

「君には話していなかったか。

根来家は、もともと水戸徳川家に仕《つか》える武家の家柄だ。生家《せいか》はだから水戸にあった。私が物心ついた頃には、ほとんど別荘扱いだったが。

一高時代、仲間とその別荘で一夏を過ごした。海が近くてな、まぁ、そういうことだ」

「せ、先生も……」

「何十年も前のことで、すっかり忘れていた。君とこうして話して、思い出すことができたよ。いま、やっとわかった。どうして私が君を東条閣下に推薦したのか。君ならこの大役《たいやく》を委《ゆだ》ねられると、確信できたのか」

そして根来教授は、本宮にゾッとするような笑顔を向けた。

「精神力は無限である。一万年の昔、それを証明した文明が存在した。いま、失われた知識を取り戻せるのは、我々をおいて他にあるまい」

二章　ミッドウェー海戦異聞

空母飛龍

昭和一七年六月五日。

村木海軍主計《しゅけい》大尉は、第一航空艦隊第二航空戦隊旗艦《きかん》である空母飛龍《ひりゅう》に主計補助官として乗り込んでいた。

主計科には主計長の他に、補佐役の補助官と経理の現場実務を担当する掌《しょう》経理長および被服・糧食《りょうしょく》・要具などの現場実務担当の掌衣糧長がおり、経理員や烹炊《ほうすい》員が、彼らの下で働いていた。

航空隊が出撃するこの日、とかく主計科は暇と思われがちだが、そんなことはなかった。いかな巨艦でも、軍艦に無駄な人間などいないのだ。

主計科士官も艦内が戦闘編制となれば、軍医

科の応援や被弾した場合の消火活動要員に組み込まれる。

そうした事がなかったとしても、主計科は暗号要務及び作戦諸記録の記註等の業務に従事することとなっていた。

第一次攻撃隊がミッドウェー島に向かった時点では、村木主計大尉は、まだ戦闘詳報のための書類整理に当たっていた。

戦闘詳報とは、

「何時何分にどの分隊が何を行ったか」という、艦内での作戦開始から終了までの出来事を記録したものだ。

戦闘に直接関係がない主計科が担当するのは、幾つか理由があるが、一番は主計科が書類作成に長《た》けているとみなされているためだった。

これとて各分隊ごとに記録をとり、それを主計科が一つにまとめ、整理し、報告書にまとめるという面倒《めんどう》な作業が必要なのだ。

彼は空母飛龍と共に、真珠湾作戦にも参加したし、その後のセイロン沖海戦などの時にもこの部署に就いていた。

しかしながら、敵艦はもちろん敵機の姿さえ、見たことがない。前線で航空隊が敵と銃火を交わしているとき、彼は黙々と書類に向かっていたためだ。

彼だけではない。主計科の人間は部署こそ異なっても、みんなそうだ。帰還した搭乗員や戦闘を終えた乗員達のために食事を用意するのも主計科の仕事。

あるいは、いまこうしている間にも、敵機が爆弾を落とすかもしれないときに、烹炊員たちは、野菜を刻み、トンカツを揚げるのだ。

時に何の説明もないまま、急激に転舵《てんだ》されたり、激しい振動が伝わってきたりすることもある。状況が何も知らされない中で、黙々と調理を進めるためには、然るべき胆力《たんりょく》が必要だった。

六月五日のこの日、村木主計大尉はいままでと同じく、戦闘終了まで書類と向き合って終わると思っていた。

しかし、今回は違った。

「補助官！　ここの連中と共に、運用科の応援に行ってくれ！」

主計長から電話で突然の命令を受けたのは、作業の準備を終えた頃だった。時計を見ると、まだ午前八時にもなっていない。

「何があったのでしょうか？」

村木主計大尉は嫌な予感がした。戦闘編制で運用科の指揮下に入る主計科甲板《かんぱん》作業員はすでに部署についている。

にもかかわらず、自分達にも応援に行けというのは、予想外の何かが起きているのだ。それも飛龍に危険が予想されるような。

「私もよくはわからんが、加賀《かが》と赤城《あかぎ》に敵の爆弾が命中したらしい」

「加賀と赤城が？」

「ともかく、万が一に備えねばならん。頼むぞ」

「了解しました」

運用科とは、後の世で言うところのダメージコントロールの担当部署である。この時代では、艦内の注水によるバランスの維持や消火活動が、中心的な作業となった。

空母や戦艦クラスの大型軍艦では、ダメージコントロールの指揮を担当する応急指揮所は複数存在していた。

村木らはその中の前部応急指揮所に向かった。すでに指揮所には前部応急班の将兵が、鉈や斧《おの》などの道具を持って待機している。

火災になったら延焼《えんしょう》を防ぐためと通路の確保のため、邪魔な部材などを排除するための道具だ。

主計科とは言え、海軍士官なので、前部応急指揮所の特務士官は概況《がいきょう》を説明してくれた。

「加賀、赤城、蒼龍《そうりゅう》が敵の奇襲により被弾しました。南雲《なぐも》司令長官も旗艦を移動するようです」

「将旗《しょうき》を移すというのか？　そこまで状況は悪

いのか？」

「そこまでは、小職にもなんとも」

「すまん、そうだな」

客船ではないのだ。軍艦なら配置に就いたら、無闇《むやみ》に部署を離れるわけにはいかない。

「はて、何が起きているだろう？」と勝手に持ち場を離れられては、軍艦は機能しないのだ。

空母飛龍は、不気味なほど静かだった。艦載《かんさい》機《き》が発艦したり、着艦したりしている喧噪《けんそう》は、振動として感じられた。

ただ、それも数時間に一度だ。それよりも突然の針路変更の方が、彼らには気になった。

敵襲があるから針路を変えているのか、それとも敵襲をかけるべく、針路を変えているのか？

運用指揮所には伝声管《でんせいかん》も電話もあり、さらにそれらが使用不能になった場合に備え、伝令も待機している。

外がどうなっているのか、伝令を走らせる。村木主計大尉はそんなことも考えたが、伝令は彼の指揮下にはなく、また前部応急班の班長に命じる立場でもない。

この状況でも、時間になれば食事になる。部署に待機したまま、特配が主計科より配られた。握り飯に沢庵《たくあん》。食事としては簡素なものではあったが、それさえ指揮所の将兵は、各自に注がれたお茶と共にやっと飲み下す。

「外の状況はどうなってる？」

村木は特配を持ってきた主計科の水兵に尋ねる。

烹炊員として、炊事場で働く彼に尋ねたところで、何がわかるはずもない。それはわかっていたが、尋ねずにはいられない。

「格納庫に特配を届けたときに、敵戦爆連合を返り討ちにしたと聞きました。また飛龍の攻撃隊が、敵空母を沈めたとか」

指揮所の中で、万歳《ばんざい》を唱《とな》えるものが数人いたが、すぐに尻すぼみに終わる。敵を撃退し、敵を撃破したとしても、空母三隻が被弾した。

少なくとも赤城は将旗を移動させねばならないほどの損害を被《こうむ》っている。一航艦の戦力は、飛龍と日本にいる瑞鶴《ずいかく》・翔鶴《しょうかく》の三隻《せき》に半減してしまったかもしれないのだ。

そもそも敵の撃退にしても、撃破にしても、烹炊員の聞いた噂《うわさ》に過ぎない。結局、噂は自分達の不安と苛立《いらだ》ちを大きくしただけだった。

状況が変化したのは、午後二時を過ぎた頃だった。その少し前から、対空火器が動き出す振動が聞こえた。

「また来たのか……沈んだんじゃないのか」

誰かの呟《つぶや》きが、妙に大きく応急指揮所内に響いた。

そして突然、空母が分解するのではないかと思うほどの衝撃と大音響が響いた。

「ついに……」

どこかに爆弾が命中した。報告はまだないが、間違いない。

すかさず応急指揮所の電話が鳴る。

「前部エレベーターに被弾！　他に爆弾三発が艦橋《かんきょう》右舷《うげん》周辺に命中！　格納《かくのう》

庫《こ》内に火災発生！」

　この時点で、前部応急指揮所の将兵は、まだ事態をそれほど悲観してはいなかった。他の三隻にとって、被弾は不意打ちだったかもしれない。だが空母飛龍は、被弾に備えて、こうして自分達が待機しているからだ。

　しかし、そうした楽観はすぐに悲観へと席を譲《ゆず》る。人間の主観より、現実ははるかに雄弁《ゆうべん》だ。

「煙!?」

　村木海軍主計大尉は、指揮所に焦《こ》げ臭《くさ》いにおいを嗅《か》いだ。そして天井《てんじょう》にはかすかに煙がたなびいている。

　それと同時に、弾けるような爆発音が連続して響いた。

「くそっ、誘爆か！」

　前部応急指揮班の班長は、そう悪態《あくたい》を吐《つ》くと、すぐに電話機を握る。だが電話機は通じない。

　一瞬まえまで悪態を吐いていた班長の顔は、青ざめていた。

「消火作業に入る！　全員、持ち場につけ！」

　彼は思いだしたように、そう命じた。村木は大尉と言っても主計である。兵科将校ではない士官であるから、ここは班長の命令に従わねばならぬ。

　前部運用指揮所は上甲板にあり、その上の最上甲板と指揮所と同じ上甲板が格納庫になっている。

　消火ホースを持って、格納庫へ向かった将兵は、まずその火勢に圧倒された。しかし、消火ポンプはよく働いた。

村木主計大尉も後方で、運用科の将兵の邪魔にならないように、バケツリレーで汲《く》み上げた海水を運び、最前列で消火作業に当たっている将兵にぶっかけたりした。消火作業の将兵を炎の熱から守るためだ。

それほど火勢は激しかった。だが空母飛龍の機関部は、まだ無傷で動いていた。おかげで消火作業は続けられた。

火勢と消火作業は、しばらくは一進一退を繰り返しているように、村木には思えた。

格納庫からの煙は、通路を介して広がり、消火ホースを握る将兵は、ガスマスクなしでは呼吸できないありさまだ。

それは火災による煙だけでなく、夥《おびただ》しい水蒸気によるものだった。船体は火災で過熱され、海水が触れれば、すぐに蒸発した。

消火作業中に一度、空母飛龍は大きく転舵を繰り返した。あとで知ったところでは、それはＢ17爆撃機の一団による攻撃であったらしい。

しかし、不慣れな陸軍機の対艦攻撃故に、空母は操舵により一発の爆弾も命中させることなく、難を乗り切った。

消火作業からどれほどの時間が経過しただろうか。どれほどのバケツリレーで消火作業に当たる人間に水をかけたか。おそらくは一〇〇や二〇〇の数ではないだろう。

主計にも海軍軍人としての基礎訓練があるとは言え、これほどの労務を行うことはまずない。

腕の筋肉は、すでに固くなり、感覚さえ無くなっていたが、村木主計大尉はそれでも、黙々

B17

とバケツを動かした。

　気がつけば足元は消火作業と作業員を守るためにかけた海水で、川のようになっている。自分がどこにいるのかもわからなかった。壁面《へきめん》は塗料の痕跡《こんせき》さえなく、鉄材を露出《ろしゅつ》させていた。

「前進しているのか？」

　村木主計大尉は、そのことに気がついた。周囲が焼け跡ということは、火勢は衰えつつあるのだ。つまり鎮火《ちんか》できる！　肉体は誰もが疲労困憊だ。しかし、精神だけは、この状況に妙に研《と》ぎ澄まされている。それは、彼が過去に何度か経験したことがある、異様な感覚の時に似ていた。そう、誰かが命に関わるような災厄《さいやく》に見舞われたときなどに感じたあれだ。

「衛生兵！　衛生兵！」

最前列の消火作業班から声がする。熱のせいか、防毒面の不都合か、倒れた人間がいる。

村木主計大尉は、火災にもかかわらず、すぐにその場に飛び込むと、倒れた水兵を肩に担《かつ》ぐ。

「私が医務室まで連れて行く」

「主計補助官……お願いします」

その水兵も、主計とはいえ、大尉自らが負傷者を運ぶことに驚いたのだろう。だが状況を考えれば、階級に拘《こだわ》っている場合ではない。

村木主計大尉は六尺《しゃく》近い身長の偉丈夫《いじょうふ》だ。負傷者を肩に担ぎながら、煙と水蒸気で覆われる通路を急ぐ。

自分達のいる上甲板より一つ下の中甲板の左舷側通路を進めば、艦の中央部に医務室がある。

村木は焼け跡も生々しい空母の左舷側通路を歩いて行く。火勢《かせい》をここまで追い詰めた。鎮火は時間の問題だろう。

ただそんな楽観的な気持ちも、中甲板に降りるまでだった。この通路を艦中央まで移動すれば医務室に通じる。

だが、その医務室への左舷側通路もまた煙と水蒸気に覆われていた。それだけなら予想されたことだ。

村木が驚いたのは、通路に夥しく横たわる負傷者の数だ。医務室だけでは収容できず、通路に横たえていたものが、あまりの負傷者に、ここまで延びたのだ。

衛生兵たちは、色々と処置を施しているようだが、負傷者たちはすでに動く力さえないものが多い。ほとんどが火傷によるものなのだろう。

火災の煙に混じって、消毒薬の臭いもした。

「おい、彼を頼む！　消火作業中に倒れた！」

「その辺に置いていってくれ！」

近くの衛生兵がぞんざいに指示する。そのくせ、負傷者を見ようともしない。村木はその衛生兵に近づくと、肩を両手でつかみ、力ずくで自分に向き合わせる。

「消火作業中に倒れた人間に、その態度はなんだ！　それで衛生兵と言えるのか！」

自分より頭一つ大きな男に怒鳴《どな》られ、衛生兵の表情に恐怖が浮かぶ。だが彼は開き直って、怒鳴るように答える。

「見てわからないのですか！　ここの連中はみんな消火作業で倒れてるんですよ！　どうなるんですか、飛龍は！」

「火災は鎮火に向かっている」

村木は怯えた衛生兵の目を見て、そう伝えた。

「だから、頼む」

「わ、わかりました。でも、どこまでできるか。アルコールも包帯も、もうじき無くなりますよ」

「そんなに人的被害が大きいのか」

「仏さんは、放置するよりないです。地獄ですよ、ここは」

「悲観するな。さっきも言ったが、火災は鎮火に向かって……」

大爆発が起きたのは、その時だった。

村木主計大尉が負傷者を医務室に運ぼうとしたとき、運用長も、運用科の将兵も、やっと鎮火の可能性を信じることができるところまで、作業を進められたと思った。

火勢は衰《おとろ》えつつあり、機関部は無事である。このまま日本まで航行できるなら、横須賀《よこすか》なり佐世保で修理し、戦線復帰可能だ。

だがそうはならなかった。格納庫内の火災は横方向だけでなく、上下にも広がっていた。そうした炎の一部が弾薬庫に広がり、誘爆が起きたのだ。

弾薬庫は、こうした事態を避けるために、注水されていた。だが火災による熱で、弾薬庫そのものが歪み、注水装置が作動しなくなると同時に、弾薬庫からは大量の漏水《ろうすい》が起きていた。

あるいは、空母の構造が溶接中心であれば、こうした事態は回避できたのかもしれない。

だが空母飛龍が建造された当時は、溶接も用いられてはいたものの、軍艦はリベットで建造されていた。このため弾薬庫全体が歪《ゆが》むような火災では、漏水が起きたのだ。

弾薬庫の問題は、消火作業中の将兵は、一人として気がつくものはいなかった。このため注水したはずの海水がすべて抜け、さらに外部から火災による過熱が続いたとき、ついにそれは誘爆を起こしてしまった。

この爆発で空母が轟沈《ごうちん》しなかったのは、飛行甲板で魚雷《ぎょらい》と爆弾の換装《かんそう》作業が行われていたことや、すでに何度かの出撃で、爆弾などが消費されていたことが大きかった。

だが、轟沈に至らなかったとしても、この爆発により、鎮火しつつあった火勢は再び勢いを取り戻す。

爆発の瞬間、最前線で、消火作業に当たっていた将兵は、火炎によりなぎ倒された。

村木主計大尉も、一つ間違えれば、この爆発の犠牲になっていただろう。負傷者を医務室に運んだことが、彼の生死を分けた。

だが、この時の誘爆が、空母飛龍の運命を大きく破局へと傾ける。

誘爆により、鎮火していた格納庫などが、再び火災に見舞われた。しかも、この誘爆により、少なくない運用科の将兵が死傷した。このため再び火勢は強まったが、それはさらなる誘爆を招いた。

誘爆が起きたのは、右舷側の弾薬庫であった。そこから魚雷調整室に火災が広がり、さらなる誘爆が起きた。

火災は上甲板から中甲板、さらに下甲板にまで達した。誘爆により、縦方向に炎の通り道が出来上がってしまったのだ。

ここで飛龍を設計、建造した造船官たちにも予想しないことが起きていた。一つは船内の塗装そのものが燃えはじめ、火災を拡大したこと。

もう一つは、消火装置その他を制御《せいぎょ》している電線の被覆《ひふく》も燃えはじめ、電路経由で火災が拡大したことだ。この電路火災により、消火ポンプも電話も使えなくなり、照明も消え始める。

まず運用科の将兵たちにわかったのは、消火ポンプから水が出なくなることだった。消火ポンプから水が出ないことで、火災は手の施しようがなくなった。

それでも機関部はいまだ生きていた。だから空母飛龍の消火装置も、一部は生きており、さらに排水ポンプからの海水をバケツリレーすることで、最後の一線は踏みとどまれるかと思われた。

だが制御機構のダメージは、着実に飛龍を破壊していた。誘爆の影響により一部で浸水《しんすい》が始まり、注排水装置でバランスを維持できないまま、空母飛龍は傾斜《けいしゃ》を始めたのである。

皮肉なことに、空母が傾斜したことで、艦内の空気の流れが変わり、一部については火災の鎮火に成功した場所も生まれた。

さらに空母飛龍に近い駆逐艦《くちくかん》谷風《たにかぜ》と風雲《ふううん》による放水が行われ、火災は小康《しょうこう》状態を維持できるかと思われた。

それでも午後四時半の時点で、艦内の傾斜は七度となり、機関部付近では滝のように海水が流れ落ち始め、ついに機関部もダメージを受け始める。

そもそも七度も傾斜しては、重油もボイラー内に均等に流れる事ができず、罐《かま》を守るためには火力を落とすしかなかった。

午後六時半には傾斜は一五度まで悪化した。火炎は格納庫から飛行甲板を貫き、艦橋にも火災が及ぼうとしていた。炎は空母飛龍を上下に焼き尽くそうとしていた。

「主計補助官、駄目です、前進できません！」

運用科の下士官が報告する。

「他にルートはないか！」

「わかりません！」

医務室に負傷者を運んだ村木主計大尉は、成り行きで、運用科が編制した決死隊の一つを指揮することとなった。

もはや艦内は階級や軍令承行《しょうこう》順は意味を失いつつあった。兵科将校ではなかったが、村木の押し出しと、主計科士官のリーダーシップが、その場の人間達に、彼こそ決死隊のリーダーと納得させたのだ。

決死隊の役割は、機関部の乗員達の救出だった。火災の熱のために次々と機関科の将兵が倒れているという救援要請があったのだという。

そのため運用科の人間が使う、ハンマーやバールや手斧を決死隊の将兵は手渡された。村木も手斧を持たされる。

「あったのだという」と伝聞《でんぶん》になるのは、すでに艦内電話は使用不能で、この話自体が応急指揮所からの伝令により為《な》されたものだからだ。

中甲板から機関部に行く。それだけのことに決死隊を編制しなければならないのは、状況がそれだけ悪化しているからに他ならない。

機関部の将兵を救出する。それは簡単そうに思えたが、予想以上の難事業だった。艦は傾斜し、壁かなにかにつかまらねば、立っていることも難しい。

だが機関部に近づくにつれて、壁そのものが、触れないほど熱を帯《お》び始めた。

しかも、通路内は照明が切れて暗く、懐中電灯を灯《とも》しても、黒煙か水蒸気で、光の線が見えるだけだ。

周囲の温度も上昇し、救護に向かった決死隊の中にも足元が危ない者がいた。うっかりすれば、自分が空母飛龍のどこにいるかがわからない。

　自分が上に向かっているのか、下に向かっているのか、それさえも判断ができなかった。

　それでも機関部に接近できたのは、艦の傾斜のために、通路を海水が流れていたためだ。駆逐艦による放水の結果だろう。

　ようやく隔壁《かくへき》に通じる水密戸《すいみつど》を見つけた。表示から判断すれば、そこを開ければ、下に通じるラッタルがあるはずだ。

　水兵の一人が、水密戸のハンドルに手を触れようとするが、高熱のため素手《すで》では触《さわ》れない。

「水をかけろ！　冷やすんだ！」

　消火ポンプなどなかったが、村木は足元の海水をバケツに汲むと、それを水密戸にぶちまけた。

　最初の一、二回で、水密戸にかけた海水は水蒸気に変わった。それでも何度かそんな作業を繰り返すと、ハンドルは触れる程度にまで温度を下げた。

　村木主計大尉の理性は、自分達の作業が無駄であると囁《ささや》く。

　ここまで火災が広がっているなら、機関部は絶望的な状況のはずだ。だが、村木主計大尉は作業を止めなかった。

　絶望的な状況でも、自分達はここまで来られた。この扉の向こうに、自分達を待っている人間が、まだ一人でもいるならば、作業をする価値がある。

「駄目です、水密戸が歪んでます！」

「バールでこじ開けて見ろ」

決死隊の面々はハンドルにバールを噛《か》ませ、ハンマーで叩いたり、あるいは扉自体にハンマーを当てたりした。

しかし、視界は煙や水蒸気で悪い。バールに当てたはずのハンマーも三度に一度は空《から》振りとなった。

「待て！」

村木は作業を止めさせる。扉の向こうで、誰かが何かを叩く音がする。

「生存者がいるぞ！」

生存者がいる。そのことに、決死隊の将兵は、奮い立った。村木も運用科の人間から手渡された小型の斧で水密戸を叩く。

斧やハンマーも砕けんとばかりに水密戸を叩いていると、ついに一部が開いた。

すぐに隙間《すきま》にバールを差し込み、それを梃子にして、なんとか水密戸をこじ開けた。

扉が開くと、一瞬、懐中電灯の中で、視界が開けた。煙と水蒸気が、通路の中に吸い込まれていったためだ。

まるで龍が通路を抜けるように、空気の流れが機関部へと走る。機関部は陰圧《いんあつ》になっていた。村木も他の人間達も、気圧の差で耳が痛かったが、気にしてなどいられない。

通路からは水密戸を乗り越えて、滝のように海水が機関部へと流れて行く。

「衛生兵！　いたぞ！」

機関科の記章をつけた、機関兵と下士官が、通路の先に倒れていた。

「息はあります！」

「すぐに医務室へ！」

決死隊の数名が、負傷者を上に連れて行き、村木たちは前進しようとする。

すると倒れていた下士官が何かを訴《うった》えるように、村木の手を掴んだ。

「そ、外に何かいる……」

「他に生存者がいるんだな！」

「飛龍の外に……」

下士官はそこで意識を失った。飛龍の外とは何か？

まぁ、意識朦朧とした人間の話に整合性を求めても始まらない。

水密戸を抜け機関部に降りると、主機はまだ動いていた。機械の動く轟音が轟く。ただその出力がどの程度なのか、主計大尉の村木にはわからない。

じつは午後八時の時点で、機関は停止させられていた。艦が航行すると風を受けて、火災が鎮火できないとの判断からだ。

ただ罐の火は落とされてはいなかった。出力こそ下げられていたが、何かあったときに主機を作動させなければならないかもしれない。

そのために罐の火は消えていない。村木が耳にした機関部の音は、罐の燃焼する音だった。ただすでに機関部の指揮所に人はおらず、罐は勝手に燃えている。

この時、艦内で再び大爆発が起きた。時間にして午後九時過ぎになっていた。この爆発は飛龍艦内の誰もが耳にしたが、どこで起きた爆発なのかは、運用科の人間も含め、ほとんどの乗員にもわからなかった。

艦は傾斜していて、さらに照明も止まってい る。自分の現在位置さえわからない人間ばかりなのだ。

ただほとんどの乗員達は、その大爆発を、どこかの誘爆と思っていた。すでに誘爆は大小数え切れないほど起こっており、これもその一つだと思ったのだ。

だが、村木主計大尉だけは、この大爆発の不自然さを感じとっていた。それは彼らが機関部にいたためだ。

最下層の機関部付近にいたにも拘わらず、爆発は明らかに自分達よりも下で起きたためだ。

直接的な爆発は、罐の爆発であり、それはボイラーに海水が急に接触したことによる、水蒸気爆発だった。

だがその罐の爆発の「前」に、彼らは衝撃を受けていた。艦底付近に何かが衝突し、それと同時に海水が浸入した。それが爆発の原因だ。

何が衝突したのか、それはわからない。状況から考えるなら、魚雷かもしれないが、爆弾が命中した時のことを思い出せば、それは魚雷とも思えない。

むしろ何かが衝突した衝撃というほうが、村木主計大尉にはしっくりきた。

だが、そうした分析ができたのは、実を言えば後のこと。爆発の瞬間は、彼は闇の中に聞こえる海水の音に神経が向かった。

「大浸水だ！　艦が傾斜するぞ！」

闇の中で懐中電灯の明かりだけでは、何が起きているのかわからない。ただ海水の流れる音とは、つまりは浸水と言うことだ。

「助けてくれ！」

前方で複数の人間が暴れる音と声がする。

「今行くぞ！」

決死隊の面々は懐中電灯を持って、声のする方に向かった。

すでに艦の傾斜は一五度にもならんとしていたが、村木らにとっては、水中を泳ぐ方が、傾斜した通路を歩くよりも好都合だった。

逃げるべきだ、と村木の理性は囁く。艦底で爆発が起こり、浸水している以上、もう空母飛龍は助からない。浮力があるうちに逃げねばならぬ。

だが、村木はそれができなかった。助けを呼ぶ声を聞いて、それを見捨てることはできない。

村木たちは泳いでいたが、水は思った以上に浅い。そして火災のせいか、温い。恐々状態であるなら溺れるかもしれないが、冷静になれば、まだ立って歩ける程度の浸水だ。

「助けて……」

「おい、しっかりしろ！」

溺者《できしゃ》の様子がおかしい。溺れていると言うより格闘でもしているようだ。

「どこだ！」

「ここ……」

懐中電灯が照らした光景に、決死隊の面々は絶句した。

そこには機関科水兵を羽交《はが》い締めにしている人のような姿がある。だがそれは、金属製の飾りか道具を身につけているが、着衣はなく、皮膚は鱗《うろこ》のように見え、そして顔はどう見ても魚だった。

「化け物！」

決死隊の何人かは、逃げようとする。だが、村木主計大尉は自分の手斧で、その化け物を横殴《なぐ》りに殴った。

化け物は、よもや手斧で殴られるとは思っていなかったのだろう。村木は明らかに、何かに手斧を叩き込んだ不愉快な感触を受けていた。化け物は悲鳴を上げて、水中に消えた。

「しっかりしろ！　化け物はやっつけたぞ！」

「中村や戸塚は！」

「誰だ、それは？」

「自分の部下です、あの化け物どもに捕まって、海に引きずり込まれたんです」

「化け物ども？　一匹じゃないのか？」

「五、六匹は。艦底がいきなり破られて、そこから乱入して来たんです」

村木は最初に助けた水兵が
「艦の外に何かいる」

の意味がやっと腑に落ちた。

「他にあんな連中がいるなら、長居《ながい》は無用だ！」

決死隊の残った隊員と、化け物に捕まらなかった水兵を収容し、彼らは機関部を出た。突然、決死隊の前に二体の化け物が現れた。

だがそれも、手斧やハンマーやバールで叩きのめす。そしてそれ以上は、化け物は追ってこなかった。

「主計大尉、あれはなんですか？」

「わかるか！　ミッドウェー海域に生息《せいそく》する、特殊な生物か何かだろう。魚みたいだったから、鮫《さめ》かもしれん」

「鮫に手足が生えてるんですか？」

「そんなことは海洋学者に訊け！」

村木らの決死隊は、この時、罐や機械室がある船倉甲板より一つ上の最下甲板にいた。ここから下甲板に上り、さらに中甲板、上甲板と移動しなければならない。

だが、移動は思いのほか難事業だった。艦の傾斜の関係で、機関部までは下れば良かったが、ここからは二〇度近い傾斜を上って行かねばならない。

しかも、浸水し、足場は悪い。と言うより、すでに足場と言うべきものがない。自分達が歩いている川のような通路、その底は床なのか、それとも壁なのか。それさえもわからない。

「隊長、水密戸が！」

機関科の水兵を担いで、先行していた水兵が叫ぶ。

苦心惨憺《さんたん》して開けたあの水密戸が、閉まっていた。

「馬鹿な！」

熱で歪んだことはわかっていた。だからここは開け放ち、水流や水圧で閉まらないように近くにあった浮遊物を蝶番《ちょうつがい》に噛ましてあったではないか。

村木は水密戸の前まで来ると、そこを懐中電灯で照らす。その光景に、決死隊の面々は絶望感に襲われた。

水密戸は水圧や水流で閉まったのではなかった。蝶番に挟《はさ》んであった浮遊物《ふゆうぶつ》を取り除き、意《い》図《と》的に閉鎖してある。しかもハンドルは、道具でも使ったのか、ねじ切られている。これでは開くことはできない。

――あの化け物の仕業か？

根拠は無いが、村木主計大尉はそんな予感がした。自分達を餌《えさ》にしたいのか目的はわからないが、あの化け物は自分達を捕らえようとしている。

気がつけば、機関部にいるのは自分達だけらしい。人の気配がしない。

機関科の将兵だけでも、飛龍には二〇〇人近い人間が乗っているはずだが、なぜかその姿がない。

あの化け物は機関科の人間達を捕らえていたと機関兵は言っていたが、それで人間がいないのか？

「他の決死隊はどうしたのでしょうか？」

「わからんが、他のルートを探しているのではないか。これだけの巨艦だからな」

村木主計大尉は、半分は自分に言い聞かせるように、答える。

じつはこの頃には、空母飛龍の加来《かく》艦長は、もはや艦が救えないことを認めざるを得ないと考えていた。

山口多聞司令官の許可を得て、彼は日付が五日から六日に変わった〇時一〇分、軍艦旗降下と総員退艦を命じていた。

総員退艦の命令を受けた乗員達は、駆逐艦風雲と巻雲《まきぐも》に移乗する。だがこの総員退艦命令を、乗員すべてが知っていたわけではなかった。

村木主計大尉のように、機関科将兵を中心に、艦内で連絡が思うに任せない部署の乗員達は、自分の乗るこの空母が、すでに沈む船として捨てられていることを知らなかった。

それはそうだろう。自分達は、いまこうして生きている。

ただ加来艦長や山口司令官がことさら冷酷という話ではない。彼らは、部下たちの報告から

「機関部に生存者無し」

との報告を受けていたのだ。

すでに艦橋も火災に見舞われ、操舵室も焼失し、人力操舵で辛うじて直進している状態の空母飛龍であればこそ、機関部に生存者がないという話は信じられたのだ。

格納庫の火災は、消火ポンプも止まり、一切の消火手段を失ったことで、炎上を続けていた。艦底からは浸水が起こり、空母が救えないのは明らかだ。

しかし、皮肉にも最下甲板は、その浸水と艦の傾斜のおかげで、鎮火し、人間が生存できる空間が生まれていた。

「呼吸が出来ると言うことは、どこかに外部とつながっている場所があるということだ。そこまで頑張れ！」

村木主計大尉はそう周辺の将兵を励《はげ》ます。すでに何科とか軍令承行順などは意味を失っている。

兵科将校ではない主計科士官でも、いまこの

場の指揮官は村木に他ならない。

艦の傾斜はますます激しくなっていた。おそらく呼吸ができるのは、その関係だろうと村木は判断する。

どうやら艦首部が深く浸水し、艦尾方向が上になっているようだ。軍艦では乗員の部署が定まっている関係上、当直ではないからと、勝手に艦内をうろつくことは原則として認められていない。

それもあって、村木は最下甲板まで降りてきたことはほとんどなかった。せいぜい下甲板の左舷艦首方向の兵員室に隣接する、士官烹炊所に顔を出すくらいだろう。

ただそれでも大まかな記憶がある。士官烹炊所の近くに魚雷調整室があり、その下、最下甲板に魚雷格納庫があったはずだ。

ミッドウェー島攻略作戦のために、どれだけの魚雷が格納庫まで運ばれたかわからないが、おそらく火災で残された魚雷が誘爆したのだろう。

それは飛龍にとって致命傷だったかもしれないが、水中爆発ではなかっただけ、轟沈という事態にまでは至らなかったのか。

魚雷格納庫が爆発し、大規模な浸水が起きたとしたら、この傾斜も理解できる。傾斜はそれでも前後方向より、左右方向に大きかった。

しかも傾斜は安定しておらず、時々、重油混じりの海水が通路を逆流してきた。魚雷調整室の隣が重油タンクだったから、やはりそこが爆発したのか。

出口を求めて、村木ら一行は最下甲板を艦尾方向に進んでいく。

するとと前からすすり泣く声が聞こえてきた。一人ではない、数人だ。

「どうした！　生存者か！」

村木が呼びかける。

「来るな！　来たら叩きのめすぞ！」

暗くてわからないが、そう返事をした男は、威嚇《いかく》するように棒を振り回す。バールか何かだろう。

しかし、道具になれていないのか、バールは海面を切り、壁に金属がぶつかる音がする。

「おい、吉岡烹炊員か？　私だ、村木補助官だ！」

「村木補助官……なんで……」

吉岡烹炊員は、古参の上等主計兵だった。

「烹炊員こそ、なんで決死隊に？」

「火災で烹炊どころじゃ……それより、本物ですね」

「当たり前だ。何を怯えてる……まさか、化け物か？」

「見たんですか、あの魚人間！」

魚人間と言われ、村木は何か歯車が噛み合った気がした。それが何かはわからなかったが。

「襲われたのか？」

「いきなり浸水箇所《かしょ》から現れました。自分の他に四人いたんですが、四人とも攫《さら》われて、自分は命からがら……」

「よく助かったな」

村木は吉岡を抱きしめ、落ち着かせる。彼は仲間を見捨てたことと、それを咎《とが》め立てられないかと恐れている。だから村木は、誰も咎めないと吉岡にわからせたのだ。

「烹炊員はどこから来た？」

「最下甲板から、ここまで逃げて来ました」

「連中、魚の化け物なら、水がないと出てこられないな。ともかく、上に行こう」

村木たちは、艦尾方向に進みながら、何人かの生存者と合流する事ができた。

総勢、一〇人ほどになった決死隊は、負傷者を抱えながら、傾斜した飛龍艦内を進む。

だが、突然、足元から激しい衝撃が彼らを襲う。その衝撃波は、足の裏から脳天に抜けた。

「また、誘爆か！」

「いや、いまのは違うぞ……雷撃だ！」

「なんだと、そんな馬鹿な！　生存者がいるんだぞ！」

総員退去の後、いまだ燃えさかる空母飛龍に対して、駆逐艦巻雲より、雷撃処分がなされたのだ。

魚雷は、空母飛龍に命中した。駆逐艦は、その最期《さいご》を看取《みと》ることなく、その海域を離れた。

結果を言えば、この雷撃で、空母飛龍がたちどころに沈むと言う事はなかった。村木たちを残しながら、空母はまだ浮いている。

しかし、艦尾の予備浮力は、この雷撃で急激に失われ、艦首の方が浮き上がり始めた。狭い通路を大量の重油混じりの海水が、決死隊の将兵に向かって津波《つなみ》のように襲ってくる。

「傾斜が変わった！　艦首、艦首部に急げ！」

一〇人ほどの決死隊の何人に伝わったかわからない。弱くなった懐中電灯の光が交差しつつも、全員が奇跡的に揃《そろ》っているようだった。

が、すぐに吉岡が暴れる。

「てめぇ、化け物だな！」

吉岡がバールを叩き込んだのは、確かに魚人間とでも呼ぶべき異形のもの、村木がさきほど目撃した奴だ。

化け物は叫び声のようなものをあげると、海中に消える。だが、消えた方向に懐中電灯を向けると、五、六体の化け物が迫ってくる。多少は、立って歩けるのだろう。魚たちに表情はない。ただ腕を伸ばし、黙々と村木らに近づいて来る。

「死ね、化け物！」

村木の頭の隅に、どうせ死ぬのに、自分はなぜ彼らと戦うのか？　という疑念が浮かんだ。

しかし、村木の感情は、この化け物たちに捕まることを拒否していた。懐中電灯を投げ捨てると、それは水中で汚れた海水を乱反射させ、通路に淡い光の帯をつくる。

その光を頼りに、村木は手斧を振るった。化け物たちは数を増しているようだったが、狭い廊下での肉弾戦のため、戦えるのは人も化け物も二人が限度だった。

化け物たちも、腕力は強いのだろうが、軍艦の狭い通路、しかも傾斜している環境では、馬鹿力も発揮できないらしい。

むしろ応急用の機材として選ばれた手斧やバールの方が効果的な武器になった。

周囲は生臭く、赤い血で染まる。海水が赤くなると、懐中電灯の光も弱まった。

そして、空母飛龍は転覆《てんぷく》した。それは一瞬の出来事だった。浸水と浮力のバランスが一線を越え、一気に転覆は起きたのだ。

だが村木をはじめとする艦内に取り残された将兵には、何が起きたかさえわからない。海水が転覆時の遠心力で動き出し、村木らはその海水の流れに取り込まれ、船倉甲板まで押し流された。

「息が……」

村木主計大尉は漆黒《しっこく》の闇の中、水中でもがく。そして意識を失った。ただ、断末魔《だんまつま》の空母飛龍に最期の衝撃を受けたことだけは、記憶に残った。


「ここは……」

村木主計大尉は、何か細長い場所に寝かされていた。消毒液の臭いに、どうやら自分は医務室に収容されているらしいことを知った。

起き上がろうとしたが、疲労のためか身体が動かない。ただ点滴《てんてき》はなされているらしい。

あるいは動けないのは、何かの薬のせいだろうか。視線だけは動かすことができる。

わかるのは、二段ベッドのような所に寝かされており、ともかく狭いことだ。

自分が寝かされているのは下の段。だから視界は上の段に遮《さえぎ》られている。

見える範囲は限られているが、壁に貼られている書類などは、日本語だ。意識がもうろうとして、書かれていることの意味はわからないが、日本語なのはわかる。

「だれかくる……」

なぜかそれがわかった。じじつカーテンが開く音がして、軍医のような人間が村木の顔をのぞき込む。

「意識が戻ったようだな。安心しろ、ここは日本の船だ。まぁ、詳しい話は鎮静《ちんせい》剤が抜けてからだ。

　よくもまぁ、あの状況で、全身打撲《だぼく》程度で済んだものだ。

　心配はいらない、深き者どもも、この潜高型には手出しできんよ」

「せ、ん、こ、う、が、た……」

「海軍の秘密兵器だ。まぁ、いずれ君の部署になる」

「部署……」

「君だけじゃない。君の仲間、飛龍の生存者みんなのだ」

三章　異形の海

「歩けるようになったようだね」

司令塔から風を浴びている村木主計大尉に、そう声をかけたのは潜高型の潜水艦長だった。本宮武雄中佐というらしい。

「おかげさまで」

村木は頭を下げる。救助されてからすでに二週間近いらしい。起き上がり、立って歩けるようになるまで一〇日ほどかかり、決められた範囲で艦内を歩けるようになったのは、先日のことだ。

その間、状況説明らしい状況説明は受けていない。最初の一〇日ばかりは、説明されてもわからなかっただろう。

起き上がってからは、歩行訓練などが優先された。

ただ一つわかったのは、空母飛龍から収容されたのは何人かいたが、助かったのは自分の他は吉岡烹炊員他、四名だけだったということだ。

それ以上のことはわからない。自分は士官で、吉岡らは水兵ということで、病室も別になっている。

ただ主治医の田嶋《たじま》軍医長の話を聞く限り、病室が別なのは、階級の違いよりも病状の違いが大きいようだった。

「君は、幸運だった」

軍医長はただそう言った。

その田嶋軍医長の許可を得て、村木は潜高型の外に出る。

訓練も兼ね、司令塔に上がって外の空気を吸いたかったが、村木は自分の体力が想像以上に衰えていることを知った。

発令所から司令塔の艦橋に通じるラッタルを昇ることが、ひどく辛い。昇りきるまでに、一度休まねばならなかったほどだ。

そうして外気に触れているときに、本宮潜水艦長に声をかけられたのだ。

「吉岡たちは、どうなんですか？」

「生きてはいるが、意識はない。酸欠状態が長すぎたのだ。もっと発見が早ければな」

そして本宮潜水艦長は繰り返す。

「君は、幸運だった」と。

そこで村木は自分達が救助された状況をはじめて具体的に知らされた。潜高型はミッドウェー海戦には参加していない潜水艦だった。

独自の任務で海戦域に進出していたら、一航艦の惨劇に遭遇した。正確には加賀・赤城・蒼龍の喪失《そうしつ》には間に合わず、ようやく飛龍の沈没に間に合ったのだという。

「そこにあるだろ、あれが西村式特殊潜航艇だ」

本宮潜水艦長は、潜高型の後甲板を示す。そこには、ずんぐりした河豚《ふぐ》のような形状の小型潜航艇があった。全体に丸いから、水圧には耐えられそうだ。真珠湾を攻撃した特殊潜航艇のように、本艦も後甲板に潜航艇を載せているのだ。

ただ驚いたことに、その潜航艇には腕が生えている。じっさいは別の装置なのだろうが、彼には腕としか思えない。

腕は大型が左右二本で一組、これが胴体の中央上部に生えている。そして人の腕ほどの小型の物が潜航艇の正面下部に生えていた。

「あれで、我々を救助してくれたわけですか？ すると潜高型は救難潜水艦？」

「確かに、特殊潜航艇で君らを救助したのは事実だ。

ただ、潜高型も特殊潜航艇も、基本的には戦闘艦だ。戦闘中に君らを発見し、救助した。だが君以外の乗員の救助は遅れてしまった。残念なことだが」

「戦闘艦……」

村木も潜水艦に詳しいわけではないが、この潜高型が尋常な潜水艦で無いことは、素人目にもわかった。

たとえば海軍艦艇は、リベットで作られているが、この潜高型にはリベットが一本も見当たらない。いわゆる全溶接で作られているらしい。

ただ村木は、西村式特殊潜航艇が戦闘艦という表現には、やや違和感を覚えた。よく見ると大きな腕の先は巨大な鋏《はさみ》のようになっていて、工兵機材というならいざしらず、艦艇の武器とは思えない。

しかもよく見れば、潜航艇の正面には、四本の銛《もり》が装備されている。何をするのかわからないが、銛や鋏で敵艦と戦えるのか？

「潜艦長、もしかして、あの特殊潜航艇は化け物と戦うための船なのですか？ あの魚人間と」

その言葉に本宮潜水艦長の表情が険しくなった。

「君は、見たのか？」

「戦いました。仲間が攫われそうになったので、手斧やバールを使って」

村木は、飛龍の機関部での体験を話した。話ながら、その壮絶な体験に足元から崩れそうになるのを堪《こら》えながら、彼はすべてを話しおえた。

「我々と戦う前から、負傷した個体が多数確認されたと報告を受けていたが、そうか君らが戦ってくれたのか」

「あれは何なんですか、深き者どもというようですが」

「誰からそれを聞いた！」

本宮潜水艦長のあまりの剣幕に、村木は自分が尋常ではない状況に巻き込まれたことを悟る。

「田嶋軍医長が、そんなことを口にしていたのですが……」

「軍医長か……名医なのに、そういうところは軽率だな。

何者か、と訊かれたなら、我々にもよくはわからん。海外では報告があり、それはＤｅｅｐ・Ｏｎｅと呼ばれている。深き者どもとは、その直訳だ。

我々は海妖と呼称している。部外者に聞かれても〈かいよう〉なら海洋と誤解してくれるからな」

それからしばらくは、村木は病室に半軟禁状態に置かれた。

本宮潜水艦長の命令で、表向きは
「狭い艦内を勝手に出歩かないこと」

が理由であったが、乗員達の態度も、明らかに村木主計大尉とは距離を置いているように見えた。

それでも村木も海軍の人間である。命令とあれば従うことにはやぶさかではない。ただ説明らしい説明がないことは、彼にとってもストレスだった。

ただ現状では待つより他にない。その忍耐力は長年の海軍生活の賜《たまもの》だろう。命令を受けて、その理由を尋ねる軍人は希だ。

そんな村木と話し相手になるのは田嶋軍医長であったが、彼も以前よりは口数が少なくなっていた。「深き者ども」の件で、潜水艦長から絞られたのだろう。

「貴官も、この状況を不満に感じているかもしれないが、いましばらくの辛抱《しんぼう》だ」

「いましばらくとは？」

「しばらくはしばらくだよ。まぁ、上陸できるようになれば、状況は変わる」

「上陸って、どこへ？　日本ですか？」

「やぁ、そこまでは私も知らないが……」

田嶋軍医長は妙に口ごもる。考えれば当然だ。海軍艦艇がどこに向かうのかなど、最高の軍事機密ではないか。

村木は話題を変え、吉岡らの容態《ようだい》を尋ねた。彼らはずっと面会謝絶だ。

村木の質問に田嶋軍医長は、さらに表情を暗くした。

「彼らは……今夜が山だろう」

「今夜が山……そんなに悪いのですか？」

「特殊潜航艇で君らを収容した。つまりその時点で、君たちは水中に投げ出されていたんだ。

七名の人間を我々は艇内に収容した。しかし、三人はすでに死んでいた。四人も瀕死の状態だった」

「ちょっと待って下さい、それでは計算が合いません。ここにいるのは五人では？」

「我々は死体も含め、七人を潜高型に運び込んだ。遺体をあの場に放置すれば、連中の餌にされてしまうだろうからな。

だが三体の遺体の中で、一体だけ蘇生した者がいる」

そう言って、田嶋は村木を見据える。

「私が……一度死んで、甦ったと？」

「素人《しろうと》にはわからないだろうが、人の死の判定ほど難しいものはないのだよ。蘇生したということは、死んではいなかったということだ。

医学的に言えば、君は水中で仮死状態にあり、脳が酸素をそれほど必要としなかった。だから艦内で蘇生できた。

しかし、重症者の四人は、血中酸素の低下により、脳に深刻な損傷を負ったらしい。先ほど一人が息を引き取った。残り二人も危険な状態だ。

傷が致命傷《ちめいしょう》となったのかもしれん」

「傷？」

村木の言葉に、田嶋軍医長は、しまったという表情を浮かべる。そして諦めたように呟く。

「噛まれた痕から、敗血症を併発したんだ。可能な限り、消毒はしたが、何らかの毒が組織を壊死《えし》させていたらしい」

田嶋軍医長の話は本当だった。吉岡をはじめとする四名は、相次《つ》いでその夜のうちに息を引き取った。

遺体はすべてシーツに包まれ、水葬にされた。ミッドウェー島近海の浅瀬ではなく、太平洋の深海ならば、化け物に喰われることもないだろう。村木にとってはそれだけが、唯一の慰《なぐさ》めだった。

ただ四人のうち、身元が明らかなのは、吉岡主計兵のみであり、他三名はどこの誰かわからない。

村木も知らないし、田嶋軍医長らも、回収した時点で着衣の半分は失われており、身元を確認する術《すべ》がなかったのだ。

「いや、本人らと、家族のためには、その方がいいのだ。彼らは空母飛龍と運命を共にした。それで、残された者たちは幸せになれるじゃないか」

潜高型の甲板より四名を見送った田嶋軍医長の言葉に、村木主計大尉は反発を覚えた。しかし、同時に、それが正しいこともわかっていた。

少なくとも、遺族にとって、父であり夫であった人物が、海妖に喰われて死んだという事実を知ったところで、何の慰めにもなるまい。

四人の葬儀が終わった日の夜、村木主計大尉は本宮潜水艦長より、士官室での夕食に招かれた。

大型軍艦では下級士官の士官次室《ガンルーム》と大尉以上の士官室《ワードルーム》があるが、容積に制限がある潜水艦には士官室しかない。

しかも、その士官室に准士官や特務士官も集まるのが普通であった。

だが潜高型には士官室と士官次室があった。その代わり、水兵の数は通常の潜水艦に比べて極端に少なかった。

戦艦などの大型軍艦なら乗員の七割が水兵だ。それに対して特殊技能を要求される潜水艦では、通常でも水兵は乗員の四割程度にしかならない。

だが潜高型は、その比率がさらに極端で、水兵の数は一割かせいぜい二割しかいないらしい。圧倒的多数が下士官や准士官だ。

そのためか潜高型の士官室は、大尉以上の士官しか集まらず、テーブル一つを囲める程度の大きさしかなかった。村木主計大尉を含めても、士官室には六名しかいない。

「諸般の事情もあって、村木君には色々と不愉快な思いをさせてしまったと思う。その点は潜水艦長として謝罪させてもらう」

本宮潜水艦長はそう言って頭を下げた。

「じつを言えば、内外情勢はいささか複雑になっている。まず、海軍の公式見解として、一航艦の空母四隻は沈んでいない」

「そんな、馬鹿な。不幸にしてミッドウェー海戦は我が軍の敗北に終わり、四隻の空母は、最後まで残っていた飛龍を含め、すべて失われています！」

「その通りだ。だが大本営海軍部は、国民の動揺を恐れ、敗戦を隠蔽《いんぺい》している。いずれ小出しに真相はあきらかにされようが、今現在、一航艦は健在ということになっているのだよ」

「だったら、生存者……」

村木主計大尉は、そこでここしばらく自分が軟禁状態に置かれていた理由を理解した。現実に沈んでいるが、公式には沈んでいない空母の乗員を救助したとなれば、その処遇は単純にはいかないだろう。

一言でいえば、村木主計大尉は、ここに遭難者として存在してはいけない人物なのである。

さればとて、海軍としても村木を飼い殺しにする余裕はない。将校でも士官でも海軍兵学校や海軍経理学校に入学し、大尉になるまで一〇年かかる。

戦争が始まり将校・士官が不足しているいま、分隊長となるべき大尉クラスを遊ばせるわけにはいかないのだ。じっさい村木主計大尉も、七月には某駆逐艦の主計長に転任する内示が出ていたほどだ。

そんな村木の考えを読んだのだろうか、本宮潜水艦長はいう。

「今日のこの集まりは、村木主計長の歓迎会でもある」

「歓迎会……私の？」

「そうだ、村木海軍主計少佐」

「少佐⁉」

「本艦は、潜高型の第一番艦――しかし、二番艦はないかもしれない――である伊号第二〇一潜水艦だ。

さる事情で極秘に建造され、最近就役《しゅうえき》した。主計業務は成田掌主計長が実務を取り仕切っていたが、経験を積んだ主計士官を欠いていた。

海軍省に問い合わせてもらったところ、貴官の経歴なら非の打ち所がない。正式な辞令は次の寄港地でとなるが、七月一日付けで正式な辞令が出るだろう。

それまでに、掌主計長から業務を引き継いでもらいたい」

「はぁ……私で宜《よろ》しいので？　その……六尺ありますけど」

村木は我ながら馬鹿な質問をしたと思った。しかし、気になる点ではある。

何しろ身長が六尺となると、空母でこそ不都合はなかったものの、駆逐艦などの小艦艇では、頭をぶつけることも多々あった。

「お前には潜水艦は無理」

と同期のものに良く言われたものである。

「私は主計長の能力を見込んで、海軍省に頼んだのだ。背が高いから頼んだわけではない。まぁ、必要なら次の寄港地で陸軍さんから戦車帽でも調達しよう」

「それと」

「何だね？」

「伊号第二〇一潜水艦は、何がどう特殊なのですか？　さる事情とはどういう意味なのですか？」

「ここが機関室だ」

本宮潜水艦長は、歓迎会の後、村木主計長を連れて、伊号第二〇一潜水艦の各部を案内した。

最初に案内されたのが艦尾の機関室であった。

ここが潜高型の潜高型たる源泉なのだという。

「本艦の主機、艦本式一四号一二型四サイクルディーゼルだ、これが二基装備されている。この主機の最大の特徴は水中でも稼働させられることだ」

「自分は素人ですが、ディーゼルを水中で稼働させるなど不可能では？」

「通常はな。この一四号主機は違う。酸素魚雷の技術の応用だそうだ。

つまり水中では排気ガスに純粋酸素を加えて燃焼を続ける。純粋酸素だけで燃焼させると爆発してしまうらしい。

これにより蓄電池を用いるよりも高速かつ長時間の航行が可能となる。必要なら、水中で蓄電池を充電し、その電力による航行も可能だ」

「そんな技術が本邦《ほんぽう》に！」

「まぁ、あるところにはあるとしか言えんがな。ただ一四号主機は、他の伊号潜水艦の二号ディーゼルよりも、はるかに製造が難しい。

あちらが工業製品なら、これは工芸品だそうだ。戦争が終わるまでに僚艦《りょうかん》が建造されないのは、そのせいさ」

「しかし、これが量産できれば、海軍戦略を書き換える発明になりませんか？」

「そうもいかんのだ。水中でディーゼルを動かすんだ。太鼓《たいこ》を叩いているようなものだろう。無音潜航はできんのだよ。

だからこそ、本艦にも高性能蓄電池が搭載されている。無音潜航用にな。必要なときに備えてな」

「そうですか……」

「本艦も通常は水上を航行してるが、必要があれば数日は潜航し、活動を続ける。その為に、本艦の形状は他の潜水艦とは異なり、抹香鯨のような形状だ。

　かつて海軍が極秘に建造した七一号艇という水中高速潜航艇があってな、その実験結果を応用している。

　そういう曲線を多用してることと、水密性確保のために、本艦は全溶接構造だ。ドイツから輸入したＳＴ５２という溶接可能な高張力鋼を用いている。

　これは現在、欧州大戦のために入手不能だ。これもまた本艦が量産されない理由でもある」

「画期的な潜水艦なのはわかりましたが……なぜ建造されたのでしょうか？　いまさら実験艦とも思えませんが」

「当然の疑問だ。本艦は海軍籍には所属していない」

「海軍籍にない？　ならどこなんです？　逓信省ですか？」

「陸軍だ」

「陸軍!?　我々は海軍軍人ですよね？」

「本艦も戦争が終われば、海軍籍に編入される。だから伊号と名乗っている。陸軍の潜水艦となれば、目立ちすぎるからな。

　我々の身分は海軍軍人だ。それは間違いない。ただし、どこの艦隊にも属さない。代わりに陸軍の蛇魂機関の傘下にある」

「蛇魂機関……なんですかそれは？」

「東条英機首相直属の組織だ。英米の物量に本邦が負けないために活動している。だから陸海軍共同の、あるいは日本人の、と言うべきか。ともかくそういう組織の壁を取り払った組織と言える。これについては人事面も含め、嶋田海相も了承済みだ。

それ以上詳しいことは、機関長から聞いた方が確実だろう。次の寄港地に来ているはずだ」

「次の寄港地とは？」

「ラバウルさ」

本宮陸軍少佐の蛇魂機関は、今村均大将の第八方面軍司令部の了解を得て、百武中将の第一七軍司令部の付属機関という体裁で、ラバウルの一角に事務所を置いていた。

他の陸軍施設より離れた、海に面した木造二階建ての事務所である。それでも方面軍に話を通してあるので、自前の無線設備や自動車、飛行機まで持っていた。

蛇魂機関の本部は相変わらず代官町に置かれていたが、本部は根来教授に託し、本宮機関長自身は、常に現場に出ていた。

超常的な感覚を持つ人間は、部下にもいたが、人類学の専門知識を持っている軍人となると、機関長である本宮少佐だけだからだ。結局のところ、人材が不足している、この一言に尽きる。

その本宮機関長のもとに、ついに待ち望んでいるものが届いた。東京の根来教授からの調査依頼の報告書である。

「機関長、届きました！」

戸山軍曹は自動車から降りるなり、事務所に駆け込んできた。

「根来先生からです」

「ついに届いたか！」

本宮少佐は、戸山軍曹からひったくるように、その茶封筒を受け取る。写真と書類の感触が、封筒の上からもわかる。

彼はすぐに机上に写真や書類を並べた。

その写真は、この五月に本宮機関長と戸山軍曹がガダルカナル島で撮影したものだ。現地人の案内に逃げられ、ジャングルの中の不思議な洞窟を経て遭遇した地下の湖と城塞。その時撮影した写真の分析を、本宮機関長は根来教授に依頼していた。

「はぁ、ビルマだと！」

「どうしたんですか、機関長？」

「調査依頼した写真、あのガダルカナル島の城塞から我々を攻撃してきた原住民がいただろう。あれが何族かの分析だ。

何だと思う、トゥチョ＝トゥチョ人だ」

「トゥチョ＝トゥチョ人⁉　なんですか？」

「ビルマのレン高原に住んでいる原住民だ。詳しい文化などについては不明だが、身長は一メートル前後の、純朴《じゅんぼく》である一方、非常に攻撃的な部族らしい」

「確かに攻撃的でしたけど、でも、ビルマからガダルカナル島なんて、八〇〇〇キロは離れてませんか？」

「戸山が撮影した写真によると、他に該当《がいとう》する民族はいないらしい。アフリカにも似たような部族がいるらしいが、そっちはビルマより遠いぞ」

「ビルマのレン高原って言ったら、内陸じゃないですか。山岳《さんがく》ですよね。

ラングーンかどこか、港町なら、海洋民族がぁ、とか言えますけど、片や孤島、片や内陸、しかも距離は八〇〇〇キロ離れているなら、例の古代文明とは無関係と考えるのが自然じゃないですか？」

「あの原住民の写真だけならな。お前は、あの城塞も撮影してるだろ」

「緑色の気味悪い光を照射していた、あれですか？」

「あれはトゥチョ＝トゥチョ人のアラオザルという都市に酷似している。知られている限り、地底に都市を城塞建設する部族は連中だけだ」

「まぁ、あの連中がトゥチョ＝トゥチョ人だったとしてですよ、どうしてガダルカナル島にいるんです？」

「それだ、問題は」

じつを言えば、本宮少佐らは、飛行機を使うなどして、何度かあの地下城塞を再訪しようと試みていた。

本宮武雄海軍中佐は、別命で潜高型潜水艦でミッドウェー島に向かったため、現場の位置を知るのは、本宮亨陸軍少佐と戸山与之助軍曹の二人だけ。

そして場所に間違いないはずなのに、地下への入り口は見つからない。ただ自分達が、トゥチョ＝トゥチョ人に追われてきたことは、間違いない。

なぜなら原住民が忌み地としていた場所の近くで、見覚えのある獣道は確かに存在したし、決定的なのはトゥチョ＝トゥチョ人の放った矢を本宮らは回収していたからだ。

それはガダルカナル島の原住民の使う矢ではなかった。さらに驚いたことに、鏃は石などではなく鋭い金属製だったのだ。材質はまだ不明だが、高度な冶金《やきん》技術があったことは間違いない。

少なくとも知られている限り、ガダルカナル島の原住民にそんな技術はないし、オーストラリア人から入手したとも思えない。彼らはすでに銃を提供されているのだから。

本宮少佐は、そこに古代文明との関連を見ていた。

そして肝心《かんじん》の地下道への入り口は、いまだに見つからない。

すでにガダルカナル島では海軍設営隊が飛行場を建設していたのだが、本宮少佐は彼らの力を借りて、周辺を伐採する――それ以降、島の住民たちはあの場所に近寄ろうとしなくなった――ことまで行《おこな》ったが、例の石板の道さえも見つからなかった。

そのことで頭を悩ましていたところに、根来教授の報告は、謎を深めるだけに終わってしまった。

「あぁ、でも機関長、ともかく、ガダルカナル島がただの孤島じゃないのは間違いないんじゃないですか」

「それはそうだが、問題は、巨人がさっぱり見つからないことだ。巨人の文明を発見すること、それが我等の目的じゃないか」

「機関長、ちょっと、ここを読んで下さい」

戸山軍曹は、根来からの書類の一部を指し示す。

「……トゥチョ＝トゥチョ人はロイガーなる巨大な生きものに奉仕する、奉仕種族であると言われる……この巨大な生きものが、いわゆる巨人である可能性も否定できない……古代ムー帝国の支配民族がロイガーであったとの伝承もある……」

「伝承ばかりの話だな」

とは言え、人類学の研究対象は、そんな伝承ばかりだ。そこから客観的な事実や、社会構造を読み取らねばならない。

本宮陸軍少佐は、古代文明の調査を進める中で、文明の痕跡地に少なからず巨人伝説が残っていることに気がついていた。

最初は巨人とは、高度な文明に対する暗喩だと思っていた。ただ一つ二つならともかく、幾つもの民族が同じ巨人という表現なのは気になった。

さらに残された巨石建造物の中には、人間が使用するとしたら大きすぎる遺構も見つかっていた。海外には巨大な人骨も見つかったという未確認情報もあり、彼は調査のとっかかりとして、この巨人伝説を追っていた。

彼が、海軍が基地を建設しているガダルカナル島に赴いたのも、この島に巨人伝説が伝わっているからに他ならない。しかも、巨人の墓があるという。そこでトゥチョ＝トゥチョ人と遭遇するなどの経験をしたのであった。

もともと本宮少佐が参謀本部部員として、帝大に人類学を学んだのは、日本陸軍参謀本部の対ソ戦略の一環であった。

仮想敵国であるソ連は多民族国家であり、当然、それによるソ連軍も多民族国家の軍隊だ。

だから極東域における、ソ連領内の諸民族の文化を調査し、有事の際には、ソ連領内の諸民族間の紛争《ふんそう》を誘発することで、敵軍を自壊させることができる。

本宮少佐の東京帝大での人類学的研究は、そうした構想からはじまっていた。

ただ構想こそ壮大だが、現実は構想には追いついていない。本宮のような専門教育と訓練を受けた人間は他にいないし、増やそうという動きもない。

正直、そうした構想の実現には人も予算も出ない癖に、蛇魂機関には、それらがあっさり国庫から出されたことに、本宮少佐も内心複雑な想いがあった。

とは言え、自分は軍人。軍人であれば命令には従わねばならない。

「トゥチョ＝トゥチョ人がガダルカナル島にいることについて、何か書いていないか？」

「それについては特に何も」

「自分で考えろってことか」

根来教授は、本宮が学生として教えを乞うていた時から、そういう所があった。ヒントだけ与えて、結論は考えさせる。

それは教授と学生の関係なら良かろうが、機関長と属託の関係ではまずかろうと思うのだが、根来には、本宮はいまだ教え子でしかないのかも知れない。

苛立つことではあるが、五〇〇〇キロ先の人間に怒っても始まらぬ。

「ところで機関長、前から尋ねようと思ってたんですけど、巨人って、どれくらい大きいんですか？」

「どれくらい？」

「だから身長ですよ。二メートルなのか、五メートルなのか、一〇メートルなのか、その尺の問題ですよ」

「どれくらいだろうな……」

「わからないんで？」

「伝承は世界中にある。大きさは、それこそ天を支えるアトラスから、大男程度のものまで様々さ。

ただ巨人伝説の元となった、何者かが存在したのは間違いない」

「それがいわゆる支配民族なんですか。でも、根来教授は日本人がその子孫だって言ってるんですよね。なら巨人ってのは、おかしくないですか？」

「巨人とは、彼我の圧倒的な文明の違いを意味している可能性もある。だからムー文明が世界中に展開していたなら、巨人伝説が世界中にあることそのものは不思議じゃない」

「か、あれかな」

「あれかなって、なんだ、戸山軍曹？」

「トゥチョ＝トゥチョ人からみたら、我々って巨人じゃないですか？」

「何だと……」

本宮少佐は、その一言で、一瞬にしてすべての断片が組み合わさった気がした。

「そうか、そういうことか」

「何か？」

「でかしたぞ、戸山軍曹。いいか、トゥチョ＝トゥチョ人はロイガーなる巨人に奉仕していた。その巨人とは、奉仕種族から見た時の巨人だ。そして例の古代文明は世界に展開していた。

つまりムー文明の遺跡が残る土地には、巨人が生活していたとするなら、奉仕種族としてのトゥチョ＝トゥチョ人も一緒にいたはずだ。

しかし天変地異による文明の崩壊《ほうかい》と共に、主を失ったトゥチョ＝トゥチョ人も滅んだが、ビルマやこのガダルカナル島には、その子孫が生きている。それならすべて辻褄が合うじゃないか！」

「だったら、あの地下の城塞には、支配民族の末裔たる我々の同朋がいたってことですか？一万二千年前に日本人と別れ別れになった古代文明人の末裔が」

「この仮説に従えばそうなる」

これが、根来教授が自分に考えさせたかったことか？

それは本人に尋ねなければわからないが、大きな間違いはないだろう。

この仮説通りなら、やはり何としてでも、地下城塞を見つけだし、再訪しなければならない。太古の先進文明の子孫と会見できるなら、この戦争への勝利の道も見えてこよう。

だが、現実は、本宮少佐の仮説など一顧《いっこ》だにしてくれなかった。

ガダルカナル島への基地建設には、第一一および第一三海軍設営隊が投入された。両者はこの五月に編制されたばかりである。

第一一海軍設営隊は、ガダルカナル島での基地建設のために新編されていたが、第一三海軍設営隊は違っていた。

こちらは、ニューカレドニア島での基地建設を意図して編制されていた。だが、ミッドウェー海戦の敗北やポートモレスビーの攻略《こうりゃく》延期などによる海軍の諸計画が狂ったこともあり、第一三海軍設営隊は編制されたが行き先を失っていたのである。

そこで急遽《きゅうきょ》、この第一三海軍設営隊もガダルカナル島建設に投入されることとなった。両方とも一二、三〇〇名の規模であり、全体の指揮は第一一海軍設営隊の門前大佐が執ることとなっていた。

海軍設営隊のような組織はアメリカにもあり、それはシービーズ（SEA　BEES）と呼ばれるが、基本的に一隊あたり三〇〇〇名の構成員は、全員が軍人であった。

対する日本海軍設営隊は幹部こそ海軍軍人ではあるものの、一〇〇〇人以上いる構成員のほとんどが徴用《ちょうよう》か傭人《ようじん》だった。

中央の海軍施設本部が、そうした徴用や傭人

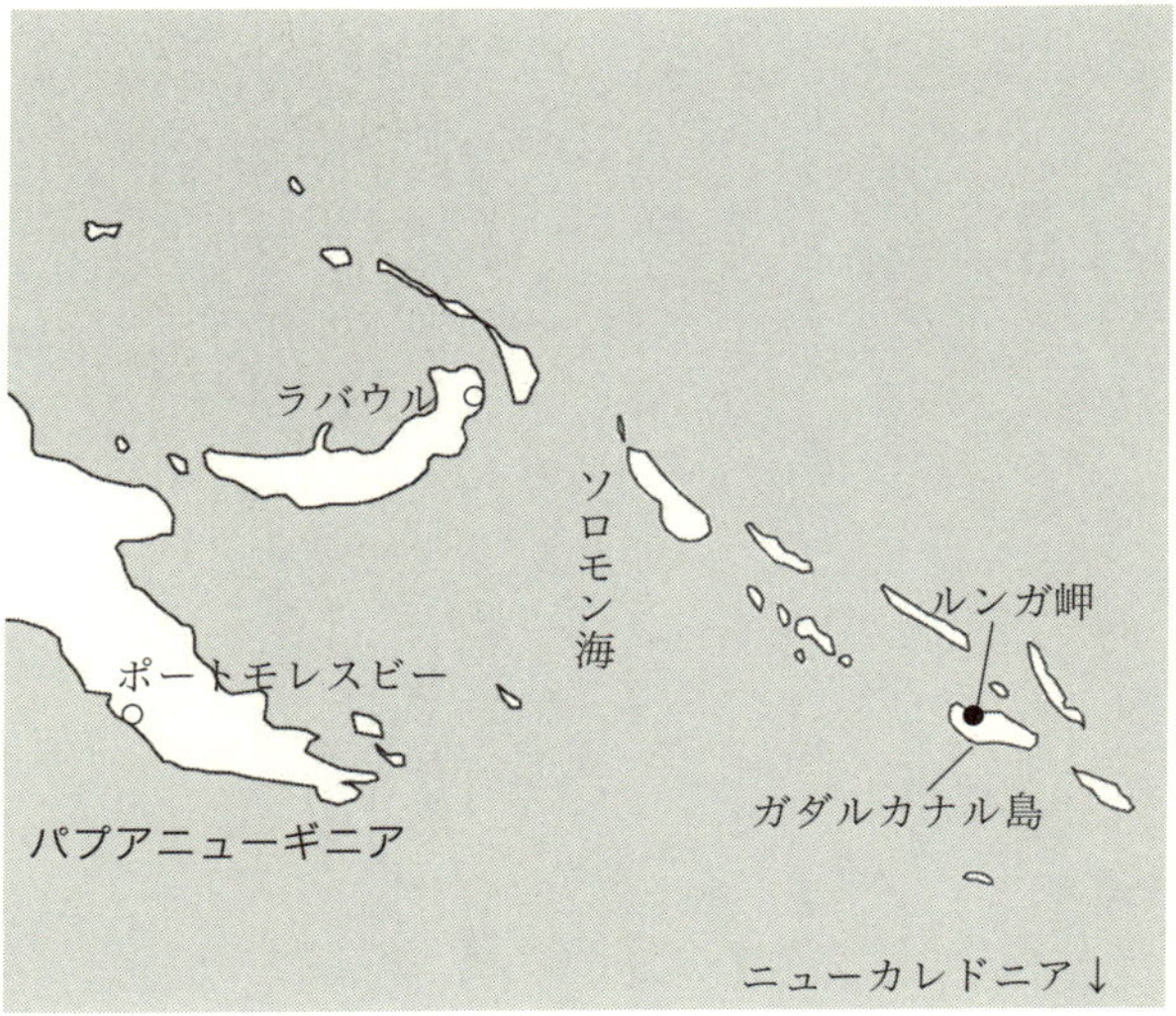

を賄うわけだが、そのやり方は戦時下でも戦前と変わらなかった。

つまり工事に従事する労務者の募集などは、それを請け負《お》う業者に委ねていたのである。これは海軍設営隊に限った話ではなく、日本陸海軍は戦闘以外の業務の多くを、それぞれの民間業者に委託することは珍しくなかった。

そうした海軍より仕事を請け負って設営隊に加わっている業者の一つに千手組があった。

海軍さんの仕事は、単価は安いが取りっぱぐれがないので、千手組も海軍関係の仕事は積極的に受けてきた。

それもあって、海軍向けの建設・築城にはそれなりの経験も信用もある。今回も海軍さんに「貸し」を作る形で、千手組は一〇〇人からの工員を派遣《はけん》していた。

その千手組に託された仕事は、設営隊の中でもいささか異例だった。

まず海軍基地の工事なのに、陸軍第一七軍司令部より、工事の委託が来たのである。ラバウルの第四艦隊司令部とはすでに話が通じているらしい。

まぁ、孤島の基地を陸軍も活用すること自体はあり得ないことではない。ラバウルにだって陸海軍の基地がある。

具体的に千手組に委託された工事は、ガダルカナル島に道路を建設するというものだった。

ルンガ川の川岸から西に延びた山地に向かっての道路である。飛行場はルンガ川の東側に建設されており、常識で考えるなら、川岸から東に道路を建設すべきだろう。

そうすれば海岸だけでなく、川岸からも物資の補給ができる。そこなら海上から敵軍に発見される恐れも無い。

だが請け負った仕事は、西向きの工事である。

この道路で何をするのか？

道路ができてから、何かを建設するのか？

その辺はわからない。

ともかく陸軍第一七軍司令部からは、道路を建設せよとの命令があるだけだ。

「組長、行って来ました」

そう言って、三輪自動貨車が大きな三角兵舎の前に止まる。運転しているのは、若頭《わかがしら》の沼田だった。

三輪自動貨車はオートバイにリアカーをくっ

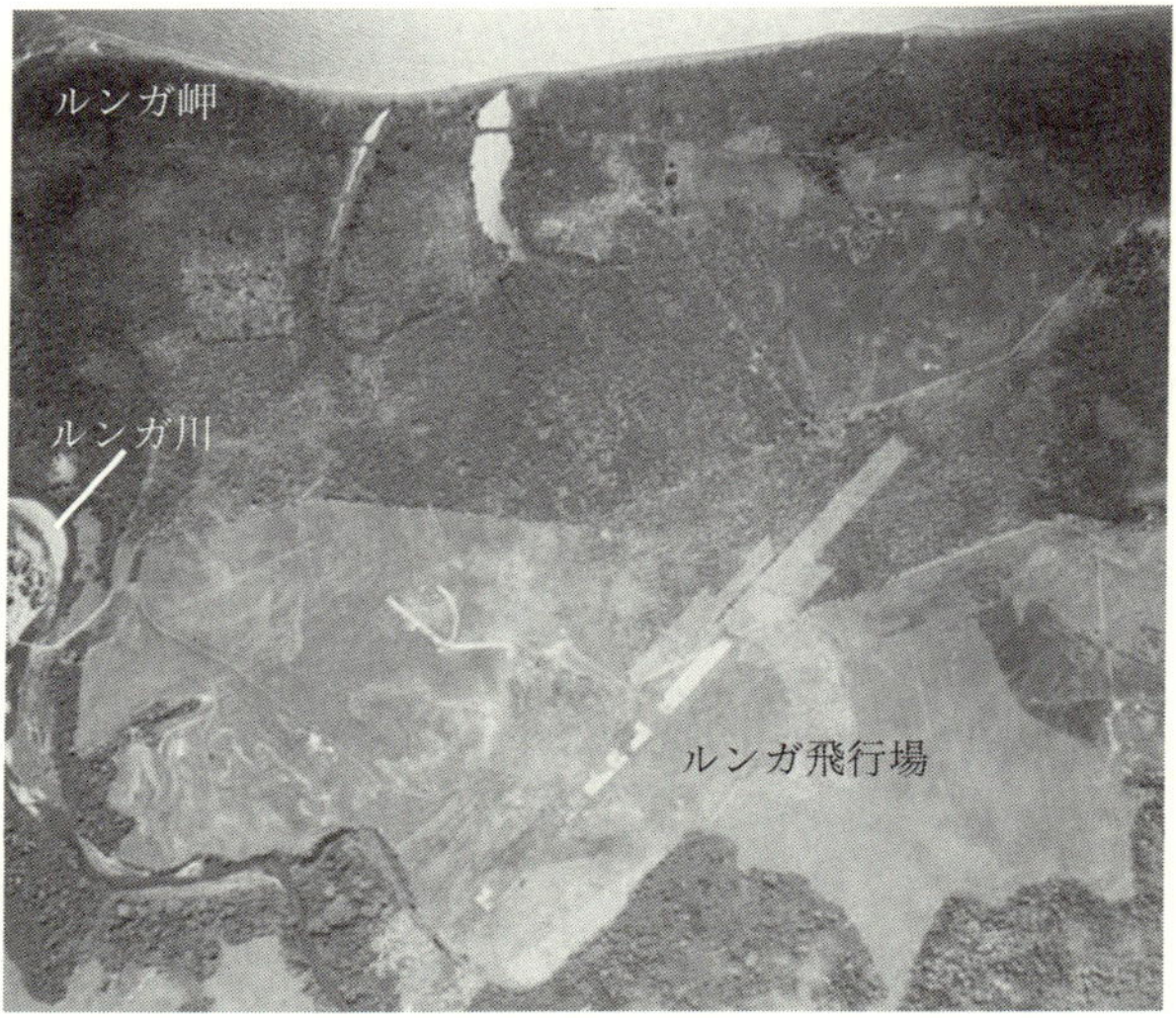

つけたような自動車だ。

　トラックに比べれば積載量は小さいが、ガダルカナル島のようなろくに道路も無いような土地では何かと重宝する。

　泥濘《ぬかるみ》にはまっても、軽いので人力で引き出せる。構造も簡単で、修理もしやすい。

　沼田が戻ってくると、組の人間達が、すぐに積荷を三角兵舎の中に運びこむ。

「どうだ、あっちの具合は？」

　千手組の人間を束《たば》ねているのが永井組長だった。永井は、煙草《たばこ》を取り出すと沼田に差し出す。沼田は一礼して、箱から一本抜いた。

「工事は順調みたいです。東岸も道路建設をするようですね。川から補給できるように」

「まぁ、あっちは飛行場があるからな。しかし、こっちは何、造るんだ？」

「それなんですけど。貨物船の船舶《せんぱく》工兵のダチに訊いてみたんですが、一七軍には、何を建設するという予定はないらしいですね」

「建設予定もないのに、道路を作れってのか？」

「道路そのものが目的じゃないかって、そいつは言ってましたけど。ともかく、ガダルカナル島に移動する部隊は、ないって話で」

「おかしいだろ。ちゃんと一七軍の経理も通って俺達は仕事してるんだぞ」

「それが、工事を発注したのは、一七軍じゃないらしいんですよ。だいたい家《うち》の組に発注したのは、一七軍直轄の特殊測量部だったじゃないですか」

「そうだ、特殊測量部だ」

「あれ、一七軍所属じゃないみたいですね。特殊測量部って名称も詐称《さしょう》らしいですぜ」

「詐称じゃなくて秘匿《ひとく》名称だろうが」

「あぁ、すいやせん」

「いいさ、そんなのは。一七軍じゃなくて、秘匿名称で活動できるって、方面軍か、参謀本部あたりの部隊だってことか。

金払いがいいと思ったら、そんな剣呑な連中の仕事なのか、これは」

「どうしますかね？」

「どうしますもなにも、そんな剣呑な連中の仕事を途中でやめたら後が怖いぞ。それに止めてどうする？　陸軍さんに了解とらないと、俺達は日本に帰られないんだからな」

永井組長は、忌々《いまいま》しげに煙草を捨ててもみ消す。

　陸軍の、何か剣呑な連中の仕事を請け負ったというのも気に入らないが、工事の意図がわからないのは、もっと気に入らん。

「まぁ、道路自体は直《じき》に完成する。陸軍さんが受領書に捺印《なついん》してくれたら、さっさと帰国だ」

　最初の異変はその夜起こった。

　千手組の人間は、三つほど並んだ三角兵舎で就寝していた。現地の樹木を伐採して、丸太に加工して、それを三角形に組み合わせて作った、簡便な住居だ。

　それでもマラリアや赤痢《せきり》に罹患《りかん》しないためには、こうした施設に蚊帳《かや》を張って就寝するよりない。

　深夜である。監督の軍人もいないが、歩哨《ほしょう》は立てろという陸軍からのお達しなので、永井組長は順番に交替で歩哨二名を立てていた。

　そのためだけに、二丁の三八式歩兵銃が貸与《たいよ》されていた。

　その歩兵銃の銃声が、深夜に響く。一発ではなく、続けざまに五発。それで沈黙したのは、弾倉が空になったためだろう。

「何ごとだ！」

　永井は枕元に置いてあるコルトのリボルバー式拳銃をズボンに差し込んで飛び出す。日本を出るとき、千手組の会長からの餞別《せんべつ》だ。

　外に出ると、すでに若頭の沼田が、歩哨に立っていたはずの二人にビンタを食らわしていた。

「おい、どうした？」

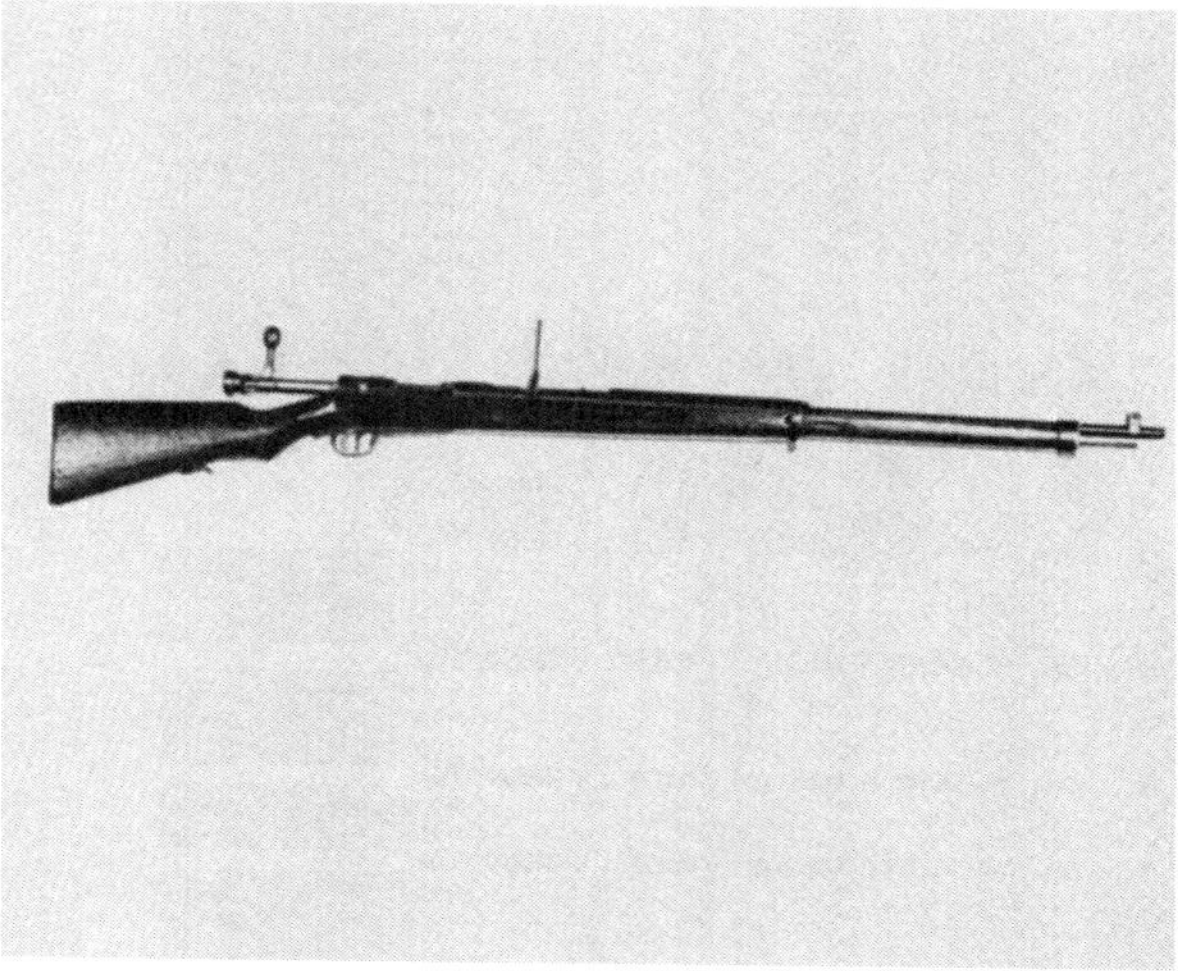

三八式歩兵銃

「こいつら、寝ぼけたか何かで、小銃をぶっ放したんですよ。たるんどるぞ！」

「寝てなんかいませんよ、俺もこいつも見たんです！」

「あれは、化け物ですよ！」

再びビンタを食らわせようとする沼田を永井は止める。

「お前ら、化け物って、何を見たんだ？」

「はっ、八尺様です！」

歩哨の一人が言う。

「八尺様って何だ？」

「あぁ、組長、こいつの郷里の化け物ですよ。八尺もある女の化け物で、男を取り殺すって」

「女だったのか？」

「いえ、それはわかりませんけど、白い服を着た背の高い人間がいて、光ってたんです」

「八尺あったのか？」

「もっと、もっとあったかもしれません。一〇尺様かも」

「身長三メートル以上ったら、巨人って言え、巨人と。

で、その巨人がどうした？」

「あっちからいきなり現れて、こっちの切り通しに消えました」

「俺達が崩してる丘か。要するにその巨人は光りながら、工事現場を横切った、そういうわけなんだな」

「そ、そうです」

「で、お前は、そいつを銃で撃ったと。当たったか？」

「二、三発は当たったはずです」

「でも、何ごともなく通り過ぎたと」

「はい」

「わかった、お前ら寝ろ、寝不足だ。交替時間まで俺が歩哨に立つ。いいな！」

自分も歩哨に立つという沼田を下がらせて、永井組長は一人で、時間までその現場の歩哨に立った。

永井は巨人の話など、まったく信じていなかった。ただ、部下がそんな幻覚というか見間違いをしたことは、深刻に受け止めていた。

工事現場で怪談めいた話が広がるのは、悪い徴候《ちょうこう》だ。飯場《はんば》の空気が悪いと、そういう噂が出る。そういう噂が出るようになると、事故も起こりやすく、起こった事故も怪談のネタにされてしまう。

過酷《かこく》と言えば、過酷な現場だ。一〇〇人いる組の者も、三割が赤痢やマラリアに罹患している。

力仕事だから飯は食えるが、娯楽らしい娯楽はない。酒を飲んで酔っ払うのがせいぜいだ。

食事にしても、乾物に缶詰ばかりで変化はない。料理人を雇うほどの余裕もないから、飯の質もほどほどだ。

最近は飯場でも酒に酔っての喧嘩《けんか》が増えてきた。いまの化け物騒ぎも、これとは無関係ではあるまい。

ただ永井組長は、だから積極的に何かしようとも思わない。言われた道路は、もう直完成するからだ。

それが完成すれば、帰国できる。それまで数日の辛抱だ。

翌朝、永井組長は、昨夜の分も取り返そうと三角兵舎で寝ていたら、沼田に叩き起こされた。

「組長、起きて下さい！」

「なんだよ。今日は寝かせろ」

「そうはいきませんよ、陸軍から査察《ささつ》に来たんですよ！」

「なにぃ、査察だと！」

「それも特殊測量部！」

三角兵舎からでてみると、三輪自動貨車の前に、兵士二名と軍曹が待っていた。

軍曹はまだ三〇前の若い男だ。軍人と言うより遊び人風の感じがした。連れている兵士二名も、兵隊と言うより渡世人《とせいにん》に見えた。

「陸軍特殊測量部である！　工事責任者は誰か！」

「永井組長であります！」

「地方人の敬礼などいらん！」

敬礼で軍曹らを迎えた永井は、軍曹にそう怒鳴られた。

「この工事現場で変事があったとの報告がある！　事実関係はどうか？」

「いえ、工事は予定通り進んでおりますが……」

永井組長は自分より歳下らしい軍曹に頭を下げてみるが、内心は怒りに震えていた。軍曹に怒っているのではない。

彼とて軍の仕事を請け負うのはこれが初めてではない。陸軍の威光《いこう》をかさにきて、尊大《そんだい》に威《い》張《ば》り散らす奴は珍しくない。

目の前の軍曹など、威勢《いせい》がいいだけで、実害がないだけましだ。

永井の怒りは別にある。軍曹の言う変事とは、昨夜の巨人騒ぎに他なるまい。他に変事らしい変事などないのだ。

昨夜のことが、もうラバウルあたりに伝わって、こうして査察が来る。つまり自分の部下の中に、組の内情を陸軍に密告している奴がいるのだ。

「あのぉ、どこから変事があったと言う通報があったのでしょうか？」

「地方人は知らなくて宜しい！」

地方人、つまり民間人は知らなくて良いということだ。それはそうだろう、彼らだって自分らのスパイは守るだろうから。

「変事はありませんが、昨夜、巨人を目撃したと寝ぼけた歩哨が騒いだ、それくらいですが」

沼田は軍曹にそう言って、夢であると納得させようとする。その様子を横目に、永井は思う。

沼田が密告したのだろうか？

それとも、新規に雇った人夫の中に陸軍への内通者がいるのか？

「その巨人が現れたとか言う場所に案内してもらおう」

「ですが、巨人は夢でして……」

「その判断は我々が行う！」

若い軍曹は、そう言い放つと永井を無視して、沼田に案内をさせた。兵士二名もその後に続く。

兵士たちは軍曹を、

「戸山軍曹殿！」

と呼んでいるから、こいつは戸山というのだろう。

「戸山軍曹、案内は自分がやります。ここの責任者は私だ」

戸山軍曹は、このときは永井に何も言わなかった。

「歩哨の話では、巨人はあちらからこちらに歩いていったそうです」

「あちらから、こちらか……」

戸山軍曹が兵士二名に何か指示すると、二人は、角度や視線の高さを計測し、何かの計算をし始めた。

「三・五メートル前後か、なるほど」

どうやらそれは巨人の身長の話らしい。この軍人達は、歩哨が見たという巨人の存在を信じているというのか？

　その時だった。

「組長！　来て下さい！」

　高台の斜面を削る作業をしていた一人の労務者が、永井のもとに駆け込んでくる。陸軍の査察で厄介なところに、何ごとか。昨夜からケチのつきとおしだ。

「骨が出てきました！　人骨です！」

「原住民の骨か。まぁ、骨ぐらい出てくるだろうさ。連中の土地なんだから。そんなことで騒ぐな。だいたい人骨《じんこつ》なのか？」

「人骨です！　しかもでかいんです。あれ、人間じゃありませんよ！」

　その言葉に永井組長より先に、戸山軍曹が反応した。

「すぐに案内しろ！」

　そこに軍人がいることなどまったく気がつかなかった労務者は、すぐに戸山軍曹を現場へと案内する。

「ここです！」

　そこはかつて戸山や本宮が原住民に忌み地として、それ以上の案内を拒否された場所と目と鼻の先だった。

「君がここの責任者だな」

　やや丁寧《ていねい》な言葉遣いで戸山軍曹は、永井組長に向かう。

「はい、そうですが」

「道路はもういい。この人骨の周辺を掘ってくれ。そして出土した物は、すべて我々、特殊測量部に提出しろ」

「出土した物ですか。すべて？　石ころとかもですか？」

石ころ云々は永井の皮肉だったのだが、戸山軍曹には通じなかった。

「石ころと言えどもだ。何が石ころで、何が副葬品であるか、その判断は我々で行う」

「わかりやした」

わかりましたと言ってはみたが、これはそう単純な話じゃない。作業工程はすでに分担しているのだ。

それをこれからすべて組み直さねばならない。正直に言えば、本社と陸軍省で、陸軍都合の契約内容の変更について金銭的な補償も請求することになる。

そんな永井の心を読んだのか、戸山軍曹は言う。

「金のことは心配するな。必要な分は、東条閣下が払ってくれる」

戸山軍曹が査察《ささつ》に来た翌日、早くも陸軍の人間が工事現場に常駐することとなった。特殊測量部の人間達だという。

どういうわけか、彼らは海軍の飛行艇でラバウルから飛んできたという。戸山軍曹は、「挙国《きょこく》一致の為せる技だ」と言うのだが、仲が悪い陸海軍が、いきなり協力関係を結ぶとは思えない。

ただ、特殊測量部という組織が、何かひどく厄介な部門なのは、永井にも想像がついた。

たとえば飛行艇の件以外にも、こんなことがある。

つまり軍隊は階級社会であるはずなのに、一介の下士官に過ぎないはずの戸山軍曹が、少尉、中尉という人間に指図《さしず》していることだった。

もちろん、それは大っぴらにはしていなかったが、見る者が見ればわかる。特殊測量部の命令系統が独特なのでなければ、戸山軍曹は階級を偽っていることになる。

飛行艇でラバウルから飛んできた陸軍の人間達の数は数人で、とりあえずは運び込んでいた天幕を設営していた。アンテナも展開しているので、自前の無線機も持ち込んでいるのだろう。

そして三日後にラバウルからの輸送船が到着すると、常駐する人間のために、持ち込まれたプレハブの事務所が組み立てられ、巨人の骨や副葬品は、そのプレハブに収められることとなった。

それらは飛行艇や貨物船でラバウルへと運ばれているらしい。詳しいことは、千手組には説明はなかった。

一通りの段取りが終わると、戸山軍曹は水上機でルンガ川からラバウルに向かった。そしてガダルカナル島の工事現場には、佐藤少尉という血色の悪い軍人が担当者として、一五人の部下と残った。

作業自体は、楽なものだった。密林を切り開き、小高い丘のような所の切り通しを拡張するだけだ。

道路建設は、地面を掘り起こし、土壌《どじょう》改良を施し、必要なら舗装するなど、意外に高度な技術が必要だ。

しかし、戸山軍曹に言われたのは、基本的に斜面の切り崩しだけで、それほど高度な技術は必要ない。

土中の副葬品にも注意しろと言われているので、シャベルで土をすくい、速成で作り上げた二メートルほどの大きさのある桶《おけ》に入れる。

幸い、この近くには沢がある。そこから水を汲んで桶の中に流しながら、土を篩《ふるい》にかけて、桶の水で泥を流しながら、副葬品らしい物を探し出す。

こういう仕事は内地の工事なら、かなりうまみのある仕事だ。人力なのでシャベルですくい上げる土の量を減らせば、作業は楽で、工事期間の延長も見込める。なぜなら契約完了となるのは、工期満了の時ではなく、作業完了の時だからだ。

民間だとこんなことをすれば、裁判沙汰《さいばんざた》にもなりかねない。しかし、それが官庁の仕事だと、工事のトラブルは責任問題となるので、工期の延長が問題とされることはまずない。せいぜい始末書の一つも書いて判子《はんこ》を突けば、それで一件落着だ。

もちろん何ごとも「限度」というのはあるが、一線を越えなければ、入札価格以上の利益を得られるのだ。その辺は役所も業者も阿吽《あうん》の呼吸だ。

だが、永井組長はこの仕事だけは、そんな悠長な作業を許さなかった。金になるのは確かだが、長くいたい現場じゃない。

それに金が儲《もう》かると言っても、使う場所があってこその金。ガダルカナル島では億万長者になったところで、金を使える場所がない。

特殊測量部の兵士たちは、巨人の骨など目に見える物が現れると、そこの位置を測量し、発掘物に番号を記し、ノートに何か記述する。

連中には確かに測量部の素養があることがわかる数少ない場面だ。

戸山軍曹は「副葬品」と言っていたが、言うほどのものはない。最初は骨の中に短刀のような物が見つかった。

相当長いこと土中にあったはずなのに、それは錆《さび》一つなかった。短刀としてはやや形状が特異で、槍《やり》の穂先《ほさき》かもしれないと思われた。

じっさい木の枝をつけて槍のようにしてみると、ちょうど良い感じだった。ただ原住民もこんな槍は使っていない。また本当に槍なのかもわからない。

これ以外にめぼしい物は、変な煙草箱ほどの金属製の箱が見つかったほかは、腕輪のような物が二つほどあっただけだ。

兵士たちの話では、この死体は事故か戦いで亡くなったもので、埋葬されてはいないらしい。

ただおかげで骨の回収は進んでいる。着衣は虫に食われたのか、もともと裸なのか、見つかっていない。だから位置の計測さえ終われば、そのまま掘り起こして回収できた。

「組長……」

「なんだ、若頭？」

外で作業の監督に当たっていた永井は、事務所にいるはずの沼田に呼ばれた。

「あの佐藤少尉とかいう奴、大丈夫なんでしょうかね？」

「大丈夫って何がだ？」

「あいつ一人で、プレハブにこもって、回収した骨を並べてるんですよ」

「骨を並べてるって、どんな風にだ」

「人体標本みたいに、頭からつま先まで骨を並べてるんで」

「医学的な調査じゃないのか？」

「でも、祭壇《さいだん》みたいな物をこしらえてるんですよ」

「巨人でも仏さんだ、供養《くよう》してるだけじゃないのか？」

「そう思ったんですけど、あの祭壇、仏式でも神式でもないみたいで」

「淫祠《いんし》邪教の類だってのか？」

「わからんですけど、なんか、あの連中、おかしいですよ」

「おかしいかもしれないが、なんだかんだ言っても陸軍さんだからな。まぁ、いい、わかった。ここはお前が監督しろ、俺が佐藤少尉の方は見てくる」

建設土木の世界は、事故や怪我《けが》と隣り合わせの世界だけに、二〇世紀の今日でも、ジンクスや験担《げんかつ》ぎが普通に行われていた。

だから沼田のように、妙な宗教儀式に反感や嫌悪感を持つ者も多い。

永井組長にしてみれば、佐藤少尉が骨をすり潰《つぶ》してふりかけにして喰ったとしても、所詮《しょせん》は他人事《ひとごと》、気にはしないが、部下たちはそうはいかないし、部下が気にしていることを無視も出来ない。

倉庫にしているプレハブは窓のない、箱のような建物だった。それだけ、現場で組み立てやすい。さすがにドアはあるのだが、開口部と言えば、それと換気扇《かんきせん》くらいである。

「失礼します」

ドアを開けると、何か香《こう》のような臭いがした。沼田は祭壇がどうのと言っていたが、それに関するものか。

倉庫は二間《ふたま》になっており、狭い方が事務室、主たる区画が倉庫本体で、そちらには事務室を通って移動する。

事務室の照明は消され、倉庫に通じるドアは半開きになっている。その隙間からかすかな光が漏れていた。

「照明を薄暗くして、何をしようというんだ？」

永井は訝《いぶか》しんだ。そして彼は倉庫の前で足を止める。倉庫から、濃厚な血の臭いを嗅いだからだ。

倉庫には巨人の死体があるとはいえ、それは骨であって血の臭いなどするはずがない。しかし、なぜ。

「永井君か、入ってくれ。ちょっと手伝って欲しい」

「はい」

佐藤少尉の声は、妙に嬉しそうだった。

「失礼します」

倉庫内は血の臭いがさらにきつくなった。香を焚いているのは、この臭い消しと思われたが、だとしたら、ほとんど役に立っていない。

だが、それよりも永井組長は、倉庫の床に横たえられている物に目を奪われた。

そこにあったのは、骨格標本のように並べられた巨人の骨だった。身長は四メートル弱はあるだろうか。

関節部分はヒモか何かで結ばれているようで、ご丁寧に粘土《ねんど》で肉付けもされているらしい。

「千手組のおかげで、完全な骨格が揃ったよ。ありがとう」

薄暗い中で、陸軍将校の形をした人型が、そう口にする。

「手伝って欲しいこととは……」

「見ての通りさ」

佐藤陸軍少尉の形をした黒い者が、永井組長に近づいて来る。

「これだけ大きいと、血が足りないんだよ。沼田君で足りるかと思ったが、一人では足りなかったようだ」

「ぬ、沼田はいま現場で……」

「いや、それは幻《まぼろし》さ。沼田君はそこに」

佐藤少尉が示す所に、祭壇のような抽象芸術のオブジェのような物が置かれていた。倉庫の隅の暗闇で、それはなぜか燐光を放っている。

そして、その祭壇の頂上に、沼田の生首《なまくび》があった。永井はなぜか身動きがとれない。叫び声を上げられない。そして、祭壇の沼田の首から、視線を逸らせることができない。

「西行《さいぎょう》を知ってるかね、昔の高僧だ。『撰集抄《せんじゅうしょう》』で有名だよ。君は読んだことがあるかね?」

「ない」

それだけの言葉を永井はやっと口から発することができた。

「それは残念だ。知っていれば、これから起こることもわかるのに」

佐藤少尉は、軍刀を抜くと、それを一閃《いっせん》、永井組長の首は胴体から離れ、沼田の首の横に並んだ。

永井組長が佐藤少尉に殺されたとき、特殊測量部の人間達は、何かが起こるという予感めいた感覚に同時に襲われた。

「武器を！」

誰が命じることなく、彼らは自分達の武器を取りに戻った。何か忌まわしいことが起こるとの確信だけが彼らを動かす。

その時だった。プレハブの倉庫の壁を叩き割って、身長四メートル弱の巨人が現れた。

「佐藤少尉、逃げて下さい！」

労務者が叫ぶが、佐藤少尉は大破《たいは》したプレハブの陰で、巨人に向かって何かを唱えていた。

「撃て！」

特殊測量班の将兵は、持っていた小銃や軽機関銃で巨人に銃弾を叩き込む。しかし、巨人は怯むことなく、周囲の三角兵舎などをたたき壊して行く。

「下がれ！　手榴弾《しゅりゅうだん》だ！」

佐藤少尉のことなどいないかのように、兵士たちは手榴弾を巨人に投げつけた。巨人の周辺で立て続けに爆発が起こるが、巨人は暴れるのを止めない。

建物をたたき壊すだけ壊したら、それは跳躍《ちょうやく》し、事態が飲み込めない工員たちの中に飛び込んだ。

数人が巨人に潰され、一人が巨人に捕まり、首を引きちぎられる。

「兵隊なら何とかしろよ！　軍人だろ！」

労務者たちの怒りは、巨人よりも軍人に向かっていた。

兵士たちは、あくまでも小銃と機関銃で応戦する。しかし、巨人は死なない。

「愚《おろ》か者め、一度死んだ者が、二度と死ぬか」

暗がりに佐藤少尉の嘲笑《ちょうしょう》の声が響く。が、一人の人影が、半壊のプレハブに飛び込む。

「戸山軍曹！」

いつの間に現れたのか、戸山軍曹がそこにいた。

「くたばりぞこない、これでも食らえ！」

戸山軍曹は出土した例の槍を、巨人に目掛けて投擲《とうてき》する。それで巨人が倒せるのか、戸山にも確信があったわけではない。

ただ彼の本能が、彼にそうさせたのだ。

それは飼い主に飛びつく愛犬のように、真っ直ぐに巨人に向かって飛び、その胴体を貫いた。

槍が貫くと同時に巨人は燃えはじめ、佐藤少尉へと、苦しさのあまり突進する。

「馬鹿者！　止めろ！　近づくな！」

すでに炎の柱となった巨人は、そのまま佐藤少尉を抱きしめ、プレハブごと炎上させた。

火が消えたとき、そこには巨人と人間の骨が残っていた。

四章　陰《かげ》唆《さ》大佐

「ここだったのか」

昭和一七年七月。根来教授は、ラバウルの本宮少佐の命を受けて、小石川のある邸宅を訪れていた。

植物園近くの閑静な住宅街にあった。根来教授がその家を訪れたのは初めてではなかった。本宮から住所を伝えられたときは、区画整理のこともあって、最初はピンとこなかった。佐藤という姓が珍しくないこともある。

だが歩いてるうちに若かったあの時代の記憶が甦《よみがえ》ってきたのだ。

呼び鈴を鳴らすと、住み込みの女中が応対に出る。要件を伝えると、すぐに応接室に案内された。

「お久しゅうございます」

佐藤家の当主は、夫人である。夫も息子も出征し、夫は海軍将校として空母赤城に乗り、息子は第一七軍の特殊測量部で働いていた。

だが息子の戦死公報はすでに届いている。根来教授も、まだ遺骨も遺品もない仏壇に線香《せんこう》をあげた。

「とうとう佐藤の家も、私一人になってしまいました」

「そんな弱気でどうするんです。旦那さんが戦地で頑張《がんば》ってらっしゃるじゃないですか」

根来は、そう言って慰めるのが辛かった。空母赤城が一カ月ほど前にミッドウェー海戦で沈められたことは、彼も蛇魂機関の情報で知っていた。

だが海軍は公式には空母赤城の沈没を公表しておらず、だから根来もそう慰めるしかなかったのだ。

「夫は、もう死んでいると思います」

「奥さん……」

「あれは、六月五日の朝でございました。夫の書斎に人がいるのです。ただ、私にはそれが夫だとわかりました。

じじつ書斎に入ると、海軍の軍服を着た夫が立っておりました。夫は、私に、先に逝《い》ってすまない、お前は達者で暮らせ、そう言ったのです。

あれが最期の挨拶だったのでしょう。優しい人でした」

「まぁ、そういうこともありましょう」

根来教授には、慰めようもない。何より空母赤城が沈んだことを知っているとなれば、何を言っても嘘になる。

「はい、私も半信半疑でした。でも、先生が見えられたので、わかりました。やはりあれは夫が最期を報《しら》せに来たのだと」

「どういうことでしょうか？」

「夫は消える寸前に、こう言いました。根来先生がおいでになったら、必要な物を渡せと。二〇年数年ぶりに先生が拙宅《せったく》を訪《たず》ねて下さった。夫は最期まで私に嘘を吐かなかった」

「正直な方でしたな」

「そして優しい人でした」

根来教授も佐藤夫人も、それを過去形で語った。

ガダルカナル島で「戦死」した蛇魂機関の佐藤少尉の家系は、遡《さかのぼ》れば有名な西行とつながっているという。

それとは関係なかろうが、佐藤家は裕福な家系だった。同時に子宝にはあまり恵まれず、他家から養子を迎えることも多かったという。

現に佐藤家の直系は娘である夫人であり、海軍将校の夫は養子として迎えられた。

元々は佐藤家先代の書生であったというが、聡明であったために、佐藤家が援助して海軍兵学校に入学、海軍に奉職前に佐藤姓を名乗るようになったと言う。

根来も初めてこの家を訪れた時は、東京帝大の学生だった。当時は人類学よりも宗教史などに興味があり、西行を研究するなかで、一族である佐藤家の門を叩いたのである。

根来教授が夫人に最初に会ったのは、夫人が娘の龍子ぐらいの頃だった。

先代の当主は、娘の婿に、海軍兵学校に入学した自分の書生と東京帝大の学生である根来のどちらか、と考えていた節があった。

だから逢瀬《おうせ》の真似事《まねごと》をしたのも、一度や二度ではない。だが、結局は本人の意思がすべてを決めた。

それ以来、根来教授が佐藤家の敷居《しきい》を跨《また》いだことはない。今日のこの日まで。

「これでございましょうか?」

女中の手を借りず、夫人自ら桐の箱を応接室に運んできた。変色の激しさから、かなりの歳月を経た物と思われた。

しかも何かの札《ふだ》で蓋《ふた》の部分が封印されていた。

まるで魔物でも閉じ込めてあるかのように。

ただ桐《きり》の箱の色に比して、封印の札は妙に真新しく見えた。昨日今日というわけではないが、一〇〇年前と言うには新しすぎる。せいぜい一〇年二〇年と言うところか。

札が真新しいのは、札の霊力がまだまだ健在であるためなのか、別の理由なのか、そこまではわからない。

ただ根来教授も、ここでこの箱を見せられたのは初めてだった。二〇年前の調査では、佐藤家の古文書などはほとんど見せてもらえたが、この箱については、存在さえ知らされていない。

むろんいまでは、根来教授もそれが何物であるかわかっていたし、この家に秘蔵されているであろうことも予想していた。

ただガダルカナル島の怪事件を知るまでは、具体的な行動に出るつもりはなかった。ここに来たのは、あの事件のためだ。

「代々、門外不出とされてきた物です。歴代の当主しか手を触れることを許されず、箱を開けた当主も片手で数えられるほどだと聞いています。

本来なら佐藤が封印を解く立場でしたが、いまは現当主である私が封印を解かせていただきます」

「そんな……大丈夫なのですか？」

根来教授も、それが虫のいい言いぐさであることはわかっていた。大丈夫なのかと心配している風を装っているが、封印を解くまで帰るつもりはない。偽善《ぎぜん》だ。

佐藤夫人は、一瞬、蔑《さげす》んだ視線を根来に向ける。二〇年前のあの時も、あなたはそうやって狡《ずる》く立ち回り、自分から逃げたとでも言いたげに。

「寛政の頃、当時の佐藤家当主が、家を守るために、この封印を解いたと言います。おかげで佐藤の家は守られた。だがそれと引き換えに、以後一〇〇年は佐藤の家は女児ばかり生まれる呪いを鬼にかけられた」

「鬼ですと？」

「鬼としか伝わってはおりません。赤鬼とか青鬼ではなく、黒い鬼だそうです。おそらく鬼というのは、力のある魑魅魍魎《ちみもうりょう》の意味でしょう。

ともかくこの一〇〇年、我が佐藤家は代々当主を養子として迎えることになりました。私の代で、やっと一〇〇年の呪いが解け、息子が生まれました。

ですが、あの子は戦死した。夫も海に散った。私が死ねば、佐藤の家は絶えます。いまさら何を恐れることがありましょう」

夫人は小刀で、封印の札を切る。刀が入ると、札は突然燃え上がり、跡には灰さえ残っていない。

桐の箱を開けると、中は表面とは裏腹に、綺麗な白い色を残していた。そして数百年の時を経ているにしては、驚くほど保存状態の良い和紙の書物が収められていた。表には達筆で『未魂《みこん》写本』と書かれている。その横には、寛政《かんせい》一二年とあった。

「先生ならご存じですわね。靖康《せいこう》の変（一一二六年に宋が、女真《じょしん》族により政治の中心地であった華北を奪われた事件）の戦乱で、大陸から日本列島に避難してきた人々がいたことを」

「存じております。その時に、西洋や中近東から中国に伝わった書籍の一部も、その秘密を守るために、日本海を渡った」

「そうした文献の中にはアラブの狂詩人のものもあった。原本か、別の言葉に訳されたものかはわかりません。

また完全なものか、その一部なのかもわかっていません。ともかく、西行は諸国を放浪する中で、大陸から渡ってきたそうした書物に遭遇し、それを日本の言葉に書き写した」

「忌まわしい書物だけに、変事が次々と起こり、それ故に西行は諸国を点々とすることを余儀《よぎ》なくされた」

「魔から逃げていた、当家ではそう伝えられています。ともかく西行はその写本を完成させました」

「それが『未魂写本』ですか。しかし、寛政一二年では、年代が合わないのでは？」

「西行の記した『未魂写本』は、残っていません。関東大震災で焼失してしまいました。ですが、例の我が家の存続と引き換えに一〇〇年の呪いを受けた当主は、『未魂写本』の複製を記していたのです。

完全な複製かはわかりません。また、なぜ複製が必要であったのかもわかりません。私の母の意見では、他所に持ち出すために、必要な部分だけを複製する必要があったのではないかと。

ただ不完全な写本としたからこそ、一〇〇年の呪いで済んだのだとも言われています」

「拝見させていただきます」

「お持ち帰り下さい。その『未魂写本』は佐藤家を呪うと同時に、守ってきた。一〇〇年の呪いとは、一〇〇年は滅びないという契《ちぎ》りでもあります」

「それはどういう意味でしょう？　一〇〇年は佐藤家を守っているとも聞こえますが」

「ある意味では——。息子は子供の頃、那須《なす》の別荘に行ったとき、溺れて一度死んだのです。

ですが、夫は息子の遺体を抱いて、方々の病院を回ったそうです」

「そして蘇生した？」

夫人は無言で頷《うなず》く。

「開豁明朗《かいかつめいろう》だった息子は、生き返ってからは、すっかり陰気で粗暴《そぼう》な子供に育ってしまいました。

虫を叩きつぶし、小鳥を毒餌《どくえさ》で殺し、犬猫を金槌《かなづち》で殴り殺す。夫は事故の後遺症《こういしょう》だろうと言っておりました。

幼年学校に入学させたのも、少しでも粗暴な振る舞いを軍隊で矯正《きょうせい》させようと考えたからです。

おかげさまで、粗暴な振る舞いはなくなりました。優秀な陸軍将校ではないにせよ、普通の人間になれただけ、大きな進歩です。

それもこれも呪いの言う一〇〇年の契りがあ

ればこそ。しかし、その一〇〇年は終わっていたようです。時は過ぎ、家は途絶える。

ですから、もう我が家には不要な物です。先生がいらしたからには、お国のための仕事でしょう。ならばお国のためにお使い下さい」

蛇魂機関の構成員は臨死体験者を中心としていた。だから佐藤少尉が海難に遭い、蘇生したことは根来教授にとって既知のことである。

ただ書類だけではわからない事実があることを、彼は夫人との会話で知った。市町村の兵事係の人間とて、蘇生した人間の性格が一変したという事情まではわかるまい。

それでも根来教授が知る範囲で、蛇魂機関で蘇生後に性格が一変した人間がいることをはじめて知った。

「では、国と言うより、一億日本人のために、ありがたく使わせていただきます」

根来教授は桐箱を押し頂く。

そんな彼に、夫と息子を国のために戦争で失った夫人は、こう述べ添えた。

「鬼の呪いがどんなに強くても、一億国民で引き受けて下されば、呪いも薄まって蚊に刺される程度の災いにもなりますまい。だからこそ、お国に使っていただきたいのです」

風呂敷《ふろしき》に包まれた桐箱は、それほど大きなものではないはずなのに、根来教授には重くて堪《たま》らなかった。

持てないわけではない。現にこうして歩いている。この重さは、精神的なもの。何百年と積み重ねられてきた業《ごう》の重さ、あるいは念の重さか。

根来教授が佐藤少尉の生家を訪れたのは、本宮少佐の報告と調査依頼から、あることに気がついたからだ。

佐藤少尉はガダルカナル島で発掘された巨人の骨を並べていたという。そしてその骨だったはずの巨人は蘇り、殺戮《さつりく》を繰り返した。

その佐藤少尉の血族を遡れば、西行に行き当たる。

西行と言えば『撰集抄』に記されている反魂術《はんごんじゅつ》のことを思い浮かべるのに、さほどの想像力は不要だろう。

ただここで疑問が生じる。『撰集抄』では、西行に反魂術を伝授したのは前伏見中納言仲であるという。

しかし、ならば鬼の技とも言われる反魂術を、前伏見中納言仲は、誰から、あるいはどうやって会得したのか？　またここで言う鬼とは何者を意味するのか？　一つの可能性は、八世紀頃に中近東で記されたという『アル・アジフ』の存在だ。これはギリシア語版の『ネクロノミコン』をはじめとして、ヨーロッパで幾つかの言語に翻訳《ほんやく》されたらしい。

そこには億年単位の昔に世界を支配していた邪悪な存在について記されていたといわれている。

西行の言う鬼とはそれを意味しているのではないか。それを鬼と表現したのは、彼の時代には、そうした存在を表現するのに鬼という言葉しかなかったためだ。

『アル・アジフ』は未確認ながら、シルクロードを経由して、中央アジアや中国でも翻訳されたものがあるという。

ただ中国語版などは確認されていないとはいえ、中国語版などが存在しないとするほうが不自然であるし、他の分野での東アジアの文化の流れを見れば、中国語版から日本語に翻訳されたものがあってもおかしくはない。

時期的にも『アル・アジフ』の中国語版が日本語に翻訳され、その知識の一部を西行が会得したとしても、時期的には符合する。

むしろ『撰集抄』に記された反魂術が、『アル・アジフ』に由来するものと解釈する方が自然であろう。

ガダルカナル島の巨人が、ムー文明に対する比喩《ひゆ》的表現ではなく、どうも現実の巨人を意味していたらしい。あの巨人がムー文明の担い手だったのか？　それともトゥチョ＝トゥチョ人と同様のムー人の使役民族なのか、それもわからない。

ただ巨人の正体はなんであれ、佐藤少尉が『アル・アジフ』の翻訳と思われる『未魂写本』から反魂術を会得し、それをあの巨人に施したのではないのか？　ガダルカナル島での事件の背景は、おそらくこうしたものだろう。ただ疑問は尽きぬ。そもそもなぜ佐藤少尉は、巨人に反魂術を施すような暴挙を為したのか？　そんなことを考えながら歩いていると、風呂敷包みがますます重くなってくる。片手で持つのも辛く、両手を使わねば持てないほどの重さ。

いや、それは重さではない。見えない何者かが、地下に『未魂写本』を引きずり込もうとしているのではないか。そんなイメージが根来教授の脳裏に浮かぶ。そして唐突に彼は思い出す。ある伝承によれば、古《いにしえ》に存在したとされるムー帝国の人間たちは透明であったと。

「馬鹿な！」

根来教授はそんな考えを振り払おうと歩を進める。しかし、地下からの力はますます強くなって行く。

彼は風呂敷包みを地面に置いてしまう。少し休んでと思ったものが、包みは梃子《てこ》でも動かない。

進退窮まったとき、一台の高級車が根来教授の傍らに止まる。

「お困りのようですね」

それは陸軍の高級将校が乗る六輪乗用車だった。陸軍施設も多いから、こうした車輌を見かけることは希ではない。

「風呂敷が……」

「風呂敷がどうかしましたか？」

根来教授に声をかけてきたのは、背の高い色黒の陸軍大佐であった。明治憲法下の官階では、帝大教授の根来と陸軍大佐は同格だ。

部隊なら連隊長クラス、陸軍中央官衙《かんが》なら部長クラスの階級だ。いずれにせよ、彼の采配で数千、数万の人間が動く。

その陸軍大佐は、根来が動かせなかった風呂敷を軽々と持ち上げた。

「ありがとう」

半分這《は》いつくばって、根来教授は礼を言う。それだけ消耗《しょうもう》してしまった。そんな彼の姿に大佐は、面白い玩具《がんぐ》でも見るような視線を向けた。

醜態《しゅうたい》には違いない。風呂敷の桐箱を重く感じたのは、そして変な妄想を抱いたのは、やはり心理的なものだった。

風呂敷包みの重さが変わるわけもなく、じじつ大佐は軽々と持ち上げたではないか。

「大変そうですね。ご自宅までお送りしましょう、根来教授」

「ありがとう」

なぜ初対面の大佐が自分の名前を知っているのか？　そんな当たり前の疑問さえ思いつかないほど、根来教授は疲れていた。

「百人町にやってくれ」

大佐は運転手に告げる。そこで根来教授はやっとおかしいことに気がついた。

「どうして、私の自宅を」

「先生は有名人でいらっしゃいますからな。閣下も高く評価しております」

「閣下……」

「東条英機閣下に決まっているではありませんか」

「君は……」

「陰唆《かげさ》と申します。先生とは東条閣下の下で働く、そう同業他社とでもなりますか」

「同業他社だと……我々の？」

「同じ目的のために二つの組織が競争し、切磋《せっさ》琢磨《たくま》する。悪いことではありますまい。いまは戦時下です。世界は適者生存の競争をしているのです」

「私をつけていたのか？」

「そんな失礼な真似はいたしません。いまも言ったように、我々は同業他社。先生が佐藤家を訪れたように、我々も佐藤家を張っていた、それだけのことです」

「君らが本当に同業他社であるという証拠は？」

根来は何度か陰唆大佐から風呂敷包みを取り戻そうとするが、それは頑《がん》として、大佐の膝《ひざ》の上から動かない。

「こういうことをご存じですか？　あとでラバウルの本宮少佐に確認すればよい。焼け跡から発見された佐藤少尉の遺体は、完全に燃え尽き骨しか残っていなかった」

「そのようですな」

「その骨ですが、関節近くの骨に、すべて小さな孔《あな》が開いていたことはご存じですか？」

「孔が開いていた!?」

そんな話は初耳だった。嘘八百かもしれないが、調べればすぐにわかるような嘘をわざわざ吐くとも思えない。

どうも現地の情報については、陰唆大佐の方が優位にあるらしい。それを見せつけたいのか？

「開いていたのです。それだけでなく、火災の影響が軽かった部位の骨を組織学的に分析したところ、佐藤少尉の骨組織は死亡していたのです」

「焼け死んだのですから、死亡していて当然では？」

「これは失礼。説明が悪かったようですな。佐藤少尉の骨組織は、何年も前に死亡していた。推定で一〇年以上昔に」

「それではまるで、佐藤少尉は一〇年以上、死んでいたと……」

「さすがは帝大にこの人ありと言われた根来先生、おわかりになられたようですね。

そうです。佐藤少尉は、那須の海岸で溺れて死んでいた。しかし、彼の父親は、この風呂敷の中身を開け、反魂術により、死んだ息子を甦らせた。

息子への愛情なのか、妻への愛情なのか、はたまた血筋を絶やさぬために養子に入った男の義務感なのか、それはわかりませんがね。ともかく、彼は反魂術により甦った屍《しかばね》。文字通り生きる屍だったわけですよ。

屍のまま幼年学校に入学し、陸士（陸軍士官学校）に進み、将校としてガダルカナル島に渡り、そしてやっと本来の屍に戻ることができた」

そんな馬鹿なことがあるか、と根来教授は叫びたかった。しかし、できない。あの桐箱の不自然に新しい封印の札。

佐藤少尉の父親が、封印を解き、反魂術を施し、再び箱に戻して封印したと考えれば、すべて付合する。

「いや『未魂写本』がどこにあるのか、我々も探していたのです。夫人は我々に引き渡すどころか、それの存在さえ否定していた。

しかし、先生には心を開いてくれた。まったく女というのは、二〇年たっても情夫への愛着が失せないもののようですな」

「君、失敬《しっけい》だろ！」

「これは申し訳ない。何しろ軍隊という男所帯で過ごしてる故に、がさつで困ります。笑って許してやって下さい」

そういう陰唆の目は笑っていない。

「とりあえずこうして『未魂写本』は手に入った」

「手に入っただと。それは私が……」

「これは帝国の財産です。この非常時に、何人《なんびと》と言えども、こうした重要な書物を私蔵することは許されない」

「これは我々が研究するために手に入れたのだ！」

「それは我々も同様なのですよ」

「返さないというのか！」

「先生は、本時大戦の意味がおわかりではないようだ。この戦争は生存競争なのです。適者生存を競う、生きるか死ぬかの闘争である。我々は生存に必要だからこそ、南方を武力で占領《せんりょう》した。ドイツも生存権のためにソ連に侵攻したではないか。

イギリスもまた、自国の生存のために植民地を奪われまいとしている。アメリカとて似たようなものだ。

この書物はそうした生存競争に勝つための武器になる。

で、あれば。先生があくまでもこの本を返せと仰るならば、腕力《わんりょく》で奪いなさい。それがこの戦争に対する正しい態度なのですよ」

「君は、国民同士で闘争しろと、それで戦争に勝てるのか！」

「弱い国民が淘汰《とうた》され、強い国民だけが残れば、何人もその国を降すことはできない。数の問題ではない、質の問題だ」

「君は同胞《どうほう》同士が殺し合えとでも言うのかね！」

「なぜ、そんな短絡《たんらく》的な思考になるのですか、根来教授。およそ帝大の人間とは思えない。

　武人でなければ分からないかもしれないでしょうが、人ひとり殺すというのは大変な事なのだよ。

　淘汰されるべき人間に、わざわざ殺す手間をかける価値があると思うかね？　それよりも強者の命令に従う労働力として利用する方が、合理的ではないか。

　そうやって強者の国に奉仕することで、弱者は生きていける。動物なら食い殺される彼らに、生きる道を示す。これこそ人道主義というべきだろう」

「腕力ではなく、東条閣下のお力を借りて取り戻すことが、私にはできるのだぞ」

「可能でしょうな。

　誤解しないでいただきたい。自分は先生を弱者であるとは認識していない。原始時代ならいざ知らず、文明社会では、腕力が強い者が強者ではない」

「でも、返さない」

「闘争はすでに始まっている」

　陰唆大佐は、百人町の自宅まで根来教授を送ってくれたが、『未魂写本』を返してはくれなかった。

翌日、彼は東条英機首相に事の次第《しだい》を電話で報告した。すると彼は、

「君らは陰唆にかかわるな」

とひどく不機嫌に返してきた。

だが三日後に、根来教授の下に陸軍の自動車が停《と》まり、書類の束を置いていった。それは『未魂写本』を青焼きした複製だった。原本は依然《いぜん》として陰唆大佐のもとにある。

翌日、根来教授は佐藤少尉の生家に向かう。ことの次第を詫びるためだ。

だが、佐藤家の屋敷はなかった。根来が訪れたその夜のうちに、邸内から出火し、屋敷は完全に焼失したという。焼け跡からは夫人と家政婦の骨だけが見つかった。

呪いが成就《じょうじゅ》したとき、佐藤の家を、もはや呪いも守らなかったのだ。


昭和一七年八月六日。すでに本宮少佐は戸山軍曹と共に、巨人騒ぎのあった忌み地に、新たな拠点《きょてん》を建設していた。

実際の建設は千手組が請け負ったが、ほとんどの労務者が建設作業を嫌がり、作業に当たったのは二〇人ほどだった。

その彼らも第一七軍特殊測量部の施設建設が完了すると、すぐに飛行場建設の現場に合流した。

このため調査拠点にいるのは、本宮少佐を含めて一〇人ほどの人間だけだった。他のスタッフは、ラバウルで、支援業務に当たっている。

「つまり『未魂写本』は『アル・アジフ』の一割程度しか訳していないのか？」

本宮少佐は、日本からラバウル経由で着いたばかりの下村少尉に尋ねる。

彼らは本宮機関長の私室兼会議室にいた。千手組に近場の木材を加工させて建設させたのだ。日本国内の施設のようにはいかない。

生木《なまき》の匂いはまだ漂っているし、一部は丸太のままだ。

それでも自前の発電機で電灯もつくし、文化的な生活は送れる。それはこの島では最高の贅《ぜい》沢《たく》だ。

「根来先生が受け取った複製では、そう考えるよりないそうです。

ただ、それは複製からの判断で、陰唆大佐が奪った『未魂写本』の全体がどうであるかは判断できないそうです。どうぞ」

「ありがとう」

室内の電熱器で沸かされたお湯で、下村少尉は東京から持参したコーヒーを煎れてくれた。蛇魂機関は陸軍の組織だが、従卒《じゅうそつ》の類はいない。置く余裕がないからだ。基本的に下士官や将校の多い組織だけに、ここでは将校でも必要ならお茶くみもすれば、調理もする。

部隊内では衛生のために、飲料水は一度煮沸《しゃふつ》するのが原則だが、機関長である本宮でさえ、コーヒーにありつけることなどまずない。

コーヒーの芳醇《ほうじゅん》な香りは、ここが絶海の孤島であることを忘れさせてくれる。

「それで、判断できないという理由は何だ？」

「陰唆大佐からの複製そのものは、ページに欠けた部分はありません。

ただ根来教授も原本を手にとってはいないので、それだけでは全体の複製か、部分的な複製かが判断できない。

わかるのは、どうやら『アル・アジフ』全体を翻訳したものではないらしいということです。

陰唆大佐が抜いた可能性もありますが、佐藤家にあった複製と呼ばれているものも、じつは『未魂写本』の複製ではなく、抜粋である可能性がある。

そもそも原本たる『未魂写本』そのものが、全体の翻訳ではなく、抜粋の翻訳かもしれません」

「陰唆大佐に、知らないと言われれば、こちらにはどうする術もないわけか」

「そういうことです」

「じつのところ根来教授はどう考えているのだ？」

「陰唆大佐が抜いているのだろうとのことです。理由は反魂術について、何も触れていなかったためです」

「それは、あれか。陰唆大佐が反魂術の情報を独占してるということか」

「教授の見解では。ただ反魂術はより大きな術の一部に過ぎず、陰唆大佐が独占しているのは、本質的にそれかもしれないと」

「反魂術は大きな何かの一部なぁ」

本宮は思い出す。東条英機と会ったとき、彼は物質は有限だが、精神力は無尽蔵だと語っていた。

陰唆大佐が探していたのは反魂術ではなく、古代文明が操っていたとされる精神文明の秘密なのか？

「帝国の利益と言って『未魂写本』を私物化しているのか、奴は」

「無線を使わないのは不便ですが、正解だったかもしれませんな」

下村少尉の話に、本宮も頷くしかなかった。じつは蛇魂機関の無線通信はかなり窮屈《きゅうくつ》になっていた。

理由は陰唆大佐のせいだ。根来教授によると、東条英機大将の下には、陰唆機関という蛇魂機関と同様の目的で動いている組織があるらしい。

陰唆大佐と本宮は不思議と面識はないのだが、噂は耳にしていた。切れ者で、東条英機大将の信も篤《あつ》いという。

ただそういう立場だから毀誉褒貶《きよほうへん》も多いのか、冷血漢とか非情という人物評も少なくない。

また蛇魂機関と競合関係にあるのも事実らしいが、陰唆機関は軍による政財界工作も行っているらしく、どうも首相としての東条英機を支える組織と思われた。

だから競合関係と言っても、どの程度の勢力を彼らが割《さ》いているのかはわからない。

陰唆大佐は蛇魂機関と自分達は競争関係にあると語っていたが、それすらも疑わしい気がした。なぜなら彼らも本宮たちと同じように太古に存在した精神文明の秘密を求めているなら、もっと接触があって然るべきだからだ。しかし、現実には『未魂写本』でしか、接触はなかった。

ただ陰唆機関が自分達を監視している可能性は少なくない。基本的に陸軍の暗号を使っているので、陰唆機関が自分達の通信を傍受《ぼうじゅ》し、解読することは可能だ。

一方で、自分達が陰唆機関について、一切の活動を知ることがなかったのは、陰唆機関が無線通信をあまり使っていないからと思われた。

強いてあげるなら、本宮兄弟のように、精神的につながっていて、以心伝心で意見をやり取りするという方法も無くはない。

ただこれも無線通信に比べると信頼性に欠けたし、兄弟だからこそ可能だが、他人には通用しない。しかも、兄弟でも命に関わるような重大事でしか発動しない。およそ軍用通信には使えない。

となれば、一番確実なのは人間を派遣することだ。じっさい人間を直接派遣する方が、情報量では圧倒的なのも間違いない。だから下村少尉が派遣されてきたのだ。

「根来教授から巨人についての情報を求められましたが、何か新事実はありましたでしょうか？」

「特に新しい発見はない。巨人の骨は、あの切り通しから、さらに数体見つかった。

田嶋軍医少佐に見てもらったが、骨格は人間のそれだ。大きさが異なるだけでな。平均身長は四メートル、発掘されたものについては、どれも同じ大きさだ。

骨格から判断してすべて男性。女性もなければ子供の骨もない。まぁ、巨人の子供が普通の人間と区別できるかどうかはわからんが。

　トゥチョ＝トゥチョ人とも遭遇せず、アラオザルも再発見できていない。もしかすると、我々はトゥチョ＝トゥチョ人とガダルカナル島で遭遇したのではなく、別の場所で遭遇したのかもしれん」

「と、言いますと。場所を間違えたとか」

　下村少尉はそうした会話を熱心にノートに書き留める。下村少尉は、兵科将校ではなく経理部将校で、しかも戦争前まで大学生だったという。

　彼を蛇魂機関に入れたのは、根来教授だった。どこでどういう手管《てくだ》を使ったのか、徴兵で兵卒として前線に送られる前に、経理学校に手を回し、経理部将校として蛇魂機関の一員に加えたらしい。

　じっさいに軍籍《ぐんせき》にあるので、徴兵逃れというのは当たらないだろうが、コネで楽なポジションを確保する精神は、限りなく徴兵逃れに近い、本宮はそう下村少尉を見ている。

　ただ、根来教授にそうまでして手元に置きたいと思わせた男がどんな奴かには興味があった。有能であることを期待しているのと、無能であることを恐れてもいた。前者ならいいが、後者なら、明らかにコネの濫用《らんよう》ではないか。相手は恩師でも、陸軍の人間として、そんな真似は許せない。

「君は、どう思う？」

「自分の考えを話せということでしょうか。よろしいのですか？」

「構わん。仮説の提示だ、躊躇《ちゅうちょ》することはない」

「可能性の一つは幻覚です。トゥチョ＝トゥチョ人は現地人の誤認、アラオザルも何かの地形の誤認。

ただ、この仮説では撮影した写真の説明がつきません。写真の偽造もないとなれば、機関長の体験は事実である。

そうなるともう一つの可能性。トゥチョ＝トゥチョ人もアラオザルも、ガダルカナル島にはない。どこか別の場所にある」

「我々がビルマまで行ったというのか？」

「我が国にも天狗《てんぐ》に攫われて、何百里も離れた土地で発見されたというような伝承があります。

我々が調査している巨人伝説のなかに、巨人が地下世界に住んでいるというものがあります。それこそ世界中に。

機関長の体験は、そうした体験に近いとすれば、それは地下世界ではなく、幾つかの民族が伝承として持っている、隠れ里と類似の何かではないでしょうか」

「なるほど。自分もそうしたものの可能性はあり得ると思っている」

なるほど根来教授が確保したわけだ。下村少尉の視点はなかなか興味深い。

本宮少佐の「別の場所」というのも、隠れ里という表現が正しいかはともかく、そうした通常の世界とは異なる空間ではないのか。

ただ、本宮はこれが正しいとして、自分達が探し求めている古代文明の「力」とどう関連するのか、それはつかみ兼ねていた。

　自分達の方向性は間違ってはいないだろう。それにより、超常的な現象が幾つも起きているのだから。しかし、それらはすべて断片であり、全体のつながりがわからない。

「ところで、佐藤少尉はなぜ反魂術で巨人を甦らせ、ここで暴れさせたのでしょう？」

「それもわからん。実験を試みて失敗したのではないか。そう我々は考えている。

　理由は、巨人の骨と共に発掘された槍だ。今のところ、発掘された他の骨からも槍の先が見つかっている。

　あの槍は、巨人を倒すための道具として使われたが、あるいはあれは巨人を操るための道具だったのかもしれん」

「巨人は家畜であったと？」

「家畜……そこまで断ずることはできないが、可能性はある。巨人を操るための槍を佐藤少尉は持っていなかった。だから巨人は暴れた。

　南方の巨石遺跡には、巨人が作り上げたという伝承も多い。我々の求めている文明は、建設重機がわりに、巨人を操り、巨石文化を作り上げていたのかもしれんな。

　まあ、現状では推論に過ぎない。まだ根来教授への伝達事項として満足していないようだな」

「満足していないと言いますか、どうも一つ気になることが」

「何だ、言って見ろ」

「佐藤少尉に、その、自由意思はあったんでしょうか？　反魂術で甦ったと聞いてますが、甦った肉体を動かしていた魂は本当は何だったんでしょう」

「悪霊かもな」

本宮少佐自身が、自分の言葉に驚いた。驚いたが、納得もできた。

「佐藤少尉の魂は子供の頃に死んでいた。反魂術で肉体が甦ったとき、その肉体に入り込んだのは、別の悪意をもった魂だった。

一〇〇年前の少尉の祖先でしょうか」

「どうして、そう考えるのだ、下村？」

「佐藤一族の中で、少尉の父親以外に反魂術を知っていたのは、一〇〇年前の祖先だけですから」

その夜、本宮少佐は眠れなかった。昼間飲んだコーヒーのせいだけではない。下村少尉を飛行艇で送り返してから、彼は少尉の言葉を考え続けていたためだ。

巨人を使役する技術、そしてガダルカナル島とビルマの地下にあるアラオザルを行き来する技術。

自分はこのガダルカナル島で古代文明の知識の一端を掴みつつある。その一部は佐藤家の『未魂写本』にも記されているのだろう。

だが一つ大きな誤算があった。自分はそれを太古に失われた知識だとばかり考えていた。

だがトゥチョ＝トゥチョ人のことや、例の巨人のことを考えるなら、少なくとも古代の知識の一部は現在も生きている。

もしかするとそれらは主《あるじ》たる民族を失ったまま、命令を待っているのか？　そして古代文明の僕たちの前に、日本人が主人として君臨《くんりん》すれば、大日本帝国が再興した精神文明の支配者となる……。

だが、そこまで考えて本宮少佐は、そのシナリオにもやはり違和感を覚えた。

物語としては面白いかもしれない。しかし、重要なのは物語ではなく、国家戦略に与《くみ》することができる事実なのだ。その事実が自分達には欠けている。

「もうすぐ朝か」

時計を見ると、すでに午前四時を過ぎている。まとまりのない考えで、ほとんど徹夜《てつや》をしてしまった。

寝るにも中途半端《はんぱ》だ。彼は部下たちの起床時間まで、書類の整理でも行うことにする。だが

一〇分ほどしたときのことだ。

「雷か？」

ジャングルを通して、どこからともなく雷鳴のような音が響く。

「まさか！」

本宮少佐はブザーを押し、全員を起床させる。

「敵襲！」

その雷鳴のような音は、海岸から聞こえた。敵艦隊がガダルカナル島に対して艦砲《かんぽう》射撃を加えている。

「機関長！」

「戸山軍曹、適当に二、三人連れて、様子を見てきてくれ。他の者は、武装した上で、作業場を陣地化する」

「わかりました。可能な限り無線で」

「頼む」

戸山軍曹は、三輪自動貨車に小型無線機を積み込み、小銃を持った部下二人と共に狭い道路を走っていった。

本宮少佐は、飛行場と連携することは考えなかった。

海軍陸戦隊が若干いるだけで、滑走路工事の現場は武装らしい武装のない海軍設営隊だけだ。自分達が彼らの助けにはならず、また彼らに保護してもらうことも考え難い。

それに自分達の任務のことを考えるなら、可能な限り米軍との接触は避けるべきだ。

可能であれば、本宮少佐は、蛇魂機関の潜高型を呼び寄せることも考えていた。あの潜水艦なら、機関員全員を乗せて撤収《てっしゅう》できる。

生きて虜囚《りょしゅう》の辱《はずかし》めを受けず、ということに本宮自身はそれほど拘《こだわ》りはない。無駄に死ぬこともないだろうとも思う。

しかし、自分達の存在と、調査内容を敵軍に知られる事だけは、断固として阻止しなければならぬ。

本宮少佐は、部下たちを武装させ、発掘現場に急がせる。雨風をしのぐための木造の三角兵舎など、戦闘になれば陣地としては使えない。

巨人の骨の発掘現場は、補強しないと崩れることもあり、ほぼ塹壕《ざんごう》や陣地のような構造になっていた。

穴と穴との連絡通路もできており、籠城《ろうじょう》する腹なら、相当持ちこたえられるだろう。

ただ特殊測量部という建前《たてまえ》のため、武器は小銃と軽機関銃、あとは手榴弾と擲弾筒《てきだんとう》しかない。しかも銃弾の備蓄など無いに等しいから、無闇に銃弾も撃てない。

さらに蛇魂機関は兵科の人間は半分で、他は経理部や法務など、直接的な戦闘には与《あずか》らない部門の人間も多い。

それに兵科にしても、日本陸軍は防御も訓練するが、それとて「攻撃は最大の防御」的なものである。

だから陣地にこもって持久戦《じきゅうせん》を行うという訓練はもちろん教範《きょうはん》にすら、そうした内容はない。短期決戦と運動戦主体のドクトリンの日本陸軍とはいえ、いまこの状況では、それは大きな不安要因だった。

もう一つの不安要因は、戸山軍曹からの報告がほとんどないことだ。不用意に電波を出せないという事情もあるのだろう。

ただ、戸山軍曹が死んだとか怪我をしたとは思わない。そんなことがあれば、離れていても自分にはわかるはずだ。アラオザルの事件の時、本宮少佐は危機の中でそれを感じたからだ。

しかし、そうした感覚はなく、ならば生きているのだろう。

一度、ルンガ岬に出たと言う報告が入った。敵戦闘機などが飛行場を攻撃しているらしい。本宮らの拠点には、そんなものは飛んでいない。米軍も彼らの存在は知らないのだろう。

その通信からしばらく連絡が途切れる。

「機関長、軍曹からです！」

通信が入ったのは、七時を回った頃だった。

無線電話に興奮した戸山軍曹の声が聞こえる。

「機関長、これは本格的な侵攻《しんこう》作戦です。

ここから見える範囲で、軍艦が七隻います。

艦種まではわかりません。小さい奴が駆逐艦なら、駆逐艦だけで四隻、残り三隻は巡洋艦でしょう。

戦闘機が飛んでるので、近くに空母もいるはずです」

「大艦隊だな」

海軍軍人でなくとも、空母が有力軍艦で、そんなものが含まれる艦隊が尋常なものではないくらい本宮にもわかる。

「艦砲射撃が激しくて、報告が遅れました。それでですね、敵兵が上陸してきました」

「上陸してきただと！　飛行場の破壊じゃなくて、島の奪取か！」

それは予想していたことだし、だからこそここに拠点を移動したわけだが、本宮はそれでも半分くらいは、攻撃のみで上陸はしないと思っていた。

しかし、それは希望的観測に過ぎなかったようだ。

「飛行場の東四キロほどの海岸、テナル川とテナバツ川の間に上陸しています。距離はルンガ岬からの観察なので、一、二キロずれてるかもしれません」

「総兵力はどれくらいだ？」

「わかりません。まだ上陸ははじまったばかりです。ですが、少なく見積もっても連隊規模。沖に展開している敵船団から判断すれば、師団規模でも不思議はありません」

「わかった、我々は発掘現場まで下がった。軍曹の判断で戻ってくれ。生きて戻れよ！」

「機関長を置いては逝きませんや」

戸山軍曹の言葉は心強かったが、本宮少佐は決断を迫られた。連絡すれば潜高型で自分達は脱出できよう。

写真や書類は運べるが、調査はまだ中途半端なままだ。何よりも問題は発掘物だ。巨人の骨やよくわからない道具は木箱に梱包《こんぽう》してある。潜水艦に載せられる量ではないし、そもそもハッチを潜ることは無理だろう。

米軍にこの発掘物を渡してはならない。しかし、いまの段階では運べない。米軍の上陸に対して、日本軍も反攻し、島を奪還することはできる。

しかし、日本軍が奪還に失敗した場合はもちろん、奪還に成功したとしても、一時的にせよ米軍の占領下に置かれることは間違いない。

ならどうするか？　完全に発掘した巨人の骨は五体ほどだが、地中には推定であと二〇体はありそうだ。

本宮は決断した、残念だが日本軍が島を奪還するまで、発掘物は地中に埋め戻す。そして米軍に怪しまれないように、ここが気象観測施設兼通信施設のように装う。

そう決断すると、本宮は三角兵舎の看板をそれらしく描き直し、あえて無線機などを放置する。どの道、無線機も運べない。

後に第一次ソロモン海戦と呼ばれる海戦が起

きていた頃、本宮少佐は部下たちと共に、潜高型に乗り、ガダルカナル島を後にした。

五章　ガダルカナル島

伊号第二〇一潜水艦

「海妖音を確認、感度一！」

水測員の報告に、伊号第二〇一潜水艦の艦内は、瞬時に緊張した空気に包まれた。

「間違いないか？」

「間違いありません、その、かなりの数ですから」

本宮武雄海軍中佐はすぐに航海長に現在位置を確認させた。

「先日の海戦で重巡《じゅうじゅん》古鷹《ふるたか》がこの海域で沈没しています」

航海長の報告に、発令所内の空気はさらに重くなる。そして発令所の誰もが潜水艦長の言葉を待っていた。

「西村式潜航艇用意！　合戦準備！」

艦内に安堵《あんど》の溜《た》め息が広がる。状況的に、本宮潜水艦長が現場を素通りすることもあり得たからだ。むろん、そんなことはないだろうことは乗員達にはわかっていたが。

「艦長……」

「潜水艦長です。長すぎるなら潜艦長でどうぞ」

それは何度も言っただろう、という気持ちを本宮は抑える。相手はこの艦の「乗客」だ。

「なら潜艦長、海妖って何だね？」

発令所の中で、窮屈《きゆうくつ》そうに身を屈《かが》め、長身の陸軍将校、陰唆大佐は本宮潜艦長に尋ねた。

「正体はよくわかっていません。伝説の類では世界中にありますが、科学的に存在が確認されたのはアメリカで、一九二〇年代のことです。

彼らは海妖ではなく、Ｄｅｅｐ・Ｏｎｅと称しているようです。

マサチューセッツ州のさる港町で存在が確認され、海軍により全滅させられた。極秘事項故に、我々にわかっているのはこの程度です。

しかし、米海軍は失敗したのでしょう。その後もアメリカを含む、世界各地で目撃されている」

「もしかして本邦でもかね？」

本宮武雄海軍中佐は、陰唆大佐の質問に苛立った。それは彼としては、もっとも語りたくない問題だからだ。

「未確認情報はあります。公式に確認された例はありません」

「なるほど」

陰唆大佐は、すぐに興味を失ったように、潜航艇の準備を進める将兵の方に顔を向けた。

しかし、この狷介《けんかい》な人物が、海妖に強い関心を示しているのは、皮膚感覚でわかった。

いまでこそ東条英機と嶋田海相の話し合いで、蛇魂機関は陸海軍の統一組織となって陸軍参謀本部の隷下にあるが、海軍には独自の調査機関があった。

海軍省外局の海軍水路部に属する海洋調査部がそれだ。海洋調査部の部長は本宮武雄ではなく別人で、本宮は第一課長だった。

創設は六年前の昭和一一年、蛇魂機関より五年先だ。創設のきっかけは昭和一〇年の第四艦隊事件である。

これは嵐の中を海軍第四艦隊が訓練を強行し、駆逐艦の艦首切断など、多数の犠牲者を生んだ事件として記憶されている。

だが飽きっぽい日本人は、事件後の救助や遺体回収についてはほとんど関心を払わなかった。ある意味、それは幸いだった。

海軍は西村式潜航艇などを借りて、遺体の収容や、可能であれば沈没した駆逐艦の艦首部を回収しようと試みた。

本宮は潜航艇の艇長として、作業の陣頭指揮をとり、そこで彼らと遭遇した。そう、海妖である。

水中でライトに照らされたあの光景を、本宮はいまでもたまに夢に見る。魚人間とでも言いたくなるような連中が、艦首部から遺体をとりだし、海底に並べていたのだ。

本宮は西村式潜航艇で魚人間達のただ中に飛び込むよりできる事はなかった。潜航艇には武器などないのだ。

唯一可能だったのは写真撮影だが、鮮明な写真は少なく、使えるのは五枚程度だった。だがその五枚が事態を動かした。

「この化け物が、海中から駆逐艦に対して、攻撃を仕掛けたのではないか？」

写真には、魚人間達が道具を使い、艦首部を解体しているとも解釈できる姿が、映し出されていた。

いま冷静に考えれば、海洋調査部が生まれた背景には、海軍内部の派閥の対立もあったのかもしれない。

第四艦隊の惨劇が、艦艇設計や無理な兵装にあったとするのと、化け物の破壊工作とでは、艦政本部、軍令部の責任問題が全く違ってくる。

むろんそれだけで海洋調査部が作られたわけではなかろうが、派閥抗争とは無関係と信じるのもナイーブすぎる。

ただ海洋調査部の活動は、海妖に対してそれなりの情報を集めることには成功しているものの、海軍官衙の中では傍流《ぼうりゅう》だ。

じっさい南進作戦のため、昨年などはほとんどが地勢《ちせい》・海洋調査で終わっているほどだ。

「海妖は帝国海軍の直接的脅威とは見なされず」と言うのがその表向きの理由。

だが真の理由は、回収した複数の海妖の死体の中に、骨格などが霊長類、より正確には人間と酷似《こくじ》しているものがあったことだ。

つまり何らかの原因で、人間が海妖になる、あるいはある種の人間は海妖になる可能性が出てきたのだ。

それでも、回収した海妖の死体がアメリカかどこか、遠い海外なら、単なる生物学的興味で終わったかもしれない。

だが、それらが回収されたのは、日本近海か、海外と言っても東シナ海だ。これは一つ間違えるなら、日本国の、ひいては日本民族の起源に関わる問題ともなりかねない。

潜高型のような潜水艦を建造しつつも、問題のあまりの大きさから、この件については調査は中断していた。

このためもっとも重要な「海妖は何を目的に人

間を襲撃しようとするのか」という問題についても、いまだに明確な答えが見いだせないでいた。

いま思い返せば、第四艦隊の残骸《ざんがい》で海妖が行っていたのは、死体を食らおうとしていたのではなく、弔《とむら》っていたようにも見えた。だとすると海妖と人間は、我々が思っている以上に近しい関係なのか？　そもそも人間と海妖は敵対などしておらず、人間だけが無知であるが故に一方的に海妖に攻撃を仕掛けている可能性だって否定できない。

だがこの問題に深入りするのは、巨大なタブーに触れる怖れがあった。

陸軍の蛇魂機関に海軍の海洋調査部が吸収される形になったのも、そうした事実が背景にあった。

それ故に、陰唆大佐の質問は、本宮潜艦長らにとっては、ある意味、タブーであったのだ。

「私も乗せてもらいたい」

村木主計大尉が西村式豆潜航艇の操縦席に就いたとき、陰唆大佐が身体を折り畳むように、乗り込んできた。

「どういうことです！」

「艦長、いや潜艦長だったね。その許可はとってあるよ」

「乗り込むのは結構ですが、海軍艦艇には無駄な空間はありません。座席は乗員の部署なので、大佐はその中心線上の空いた空間に立っていて下さい。片側に寄られると操縦が難しくなります」

村木は嫌味たっぷりに、そう指示したが、陰唆大佐にはまったく通用しないようで、二つあるモーターと減速機の隙間に大人しく中腰で立っていた。

民間で建造された西村式豆潜水艇は一軸推進だが、潜高型に装備されているそれは改良型で、全体にずんぐりし、推進機も電動式で二軸である。これは運動性能の向上のためで、必要ならその場で旋回もできた。

全長が短い分、乗員は四名から三名に減っている。

そして昭和一七年一〇月のいま、村木主計大尉は三人いる潜航艇長の一人だった。主計科士官が兵科将校でもないのに小なりとは言え、艇長になるなど前代未聞のことだ。

まして四カ月足らずの短期間で、操縦までこなすとは前例がない。だが本宮潜艦長は村木の能力を見抜き、訓練させ、村木もそれにみごと応えた。

なぜできるかと言われると困るのだが、操縦席に就くと、潜航艇と自分が一体になった感覚があり、その感覚の命じるままに操縦桿を操ることになる。

特殊潜航艇は、場合によっては沈没船内にも侵入しなければならない。そういう危険な場面では、村木の操縦感覚は必要不可欠なものであった。

だからこそ、異例であったが彼が艇長を務める。それに蛇魂機関自体が異例な存在であり、いまさら異例が増えたところで不思議はないのだ。

特殊潜航艇には窓がある。しかし、役に立ったことは、あまりない。船舶が沈没しているような海底では、砂や泥が舞って視界が悪いことが多いからだ。

しかもいまのように夜間では、照明を付けなければ何も見えない。むしろ村木主計大尉は、艇内に流れる聴音機の音と、自分の感覚の方が役に立つ。

「いたな」

村木はぞっとした。海妖がいると感じたとき、陰唆大佐も冷たい声でそう呟いたからだ。

――この男にもわかるのか？　わかるのだろう。本宮機関長が調べても、今ひとつ正体がわからない陰唆という男。自分達のような超常的な感覚を持っていたとしても、不思議はない。むしろ当然だとさえ思ってしまう。

艇内に、海妖たちの特徴的な音が流れる。その音を耳にして、村木の後ろで並んで位置に就いている二人の乗員が、潜航艇の作業腕を展開した。右舷の乗員が右腕を、左舷の乗員が左腕を操作する。

この二人の阿吽の呼吸が揃えばこそ、潜航艇の作業腕は、一人で操作しているかのように自在に動くのだ。

村木には周囲の様子がだいたい把握できた。それは例えるならば、潜航艇の船体が透明になり、海中にとけ込んでいるような感覚とでもなろうか。

だがいつものそうした感覚は、今日ばかりは違っている。知覚の一角に、陰唆大佐の面積だけ、何もわからない領域ができる。二人の搭乗員も透明な感覚であるのに、陰唆だけは闇として知覚を遮る。

「右三〇度、海妖！」

「右三〇度、宜候《ようそろ》！」

左と右の巨大な作業腕が動き、数日前の海戦で沈没した重巡洋艦古鷹に群がる海妖を挟み込み、そのまま切断した。

残酷という気持ちはもう克服した。沈没船から水死体を運び出す海妖の忌まわしさに、そうした感情は微塵《みじん》もわかない。

可能なら、戦死者たちを日本に返してやりたい。そうした気持ちもあるが、それは極力考えない。

どうやって遺体を回収したかという話は軍機に触れるし、遺族にとっては、自分の父や夫が海妖に穢されたことなど知るべきではないだろう。

「うっ」

それでも村木主計大尉は、自分の胴体に激しい痛みを覚えた。それは海妖退治ではいつものことだ。

海妖とて、神経もあれば痛みもある。彼らの動きが読めるからこそ、痛みもまた伝わる。

この痛みは彼が潜航艇を自在に操れることと、表裏一体の関係にあった。

「後ろに何かいる」

陰唆大佐の形をした、感覚の闇から声がする。

それは陰唆の肉声だった。

村木はすぐに潜航艇を旋回させ、作業腕で、潜航艇に襲いかかろうとする二体の海妖を挟んだまま、古鷹の船体に叩きつけた。

水中では反作用で潜航艇も弾かれるとはいえ、トン単位の重量物の慣性は、海妖をすり潰すには十分な重さである。

それでも執拗《しつよう》に襲いかかる海妖たちを、さらに二体切断すると、それらは一斉に重巡古鷹の周辺から消えた。

海底には古鷹の乗員達が並べられている。それを見なかったことにして、特殊潜航艇は母艦である伊号第二〇一潜水艦へと戻っていった。

「毎回、こんな作業が続くのかな?」

「毎回ではありません。こんな非効率なやり方を続けて海妖を全滅させようとしたら、一〇〇年あっても足りませんよ。

今回の作戦のために、海妖の邪魔を排除したい。だから見せしめのために戦ったんです。仲間の死体があると、連中は寄ってこないですから」

「一罰百戒か、面白い」

陰唆大佐は、なぜか嬉しそうだった。

昭和一七年一〇月一七日の深夜になり、伊号第二〇一潜水艦は浮上する。海岸からは予定通りに灯りが点滅した。

「輸送筒、投下!」

「輸送筒、投下、宜候!」

伊号第二〇一潜水艦の左右両舷に三列に折り

畳まれ、固縛されていた補給物資の入ったドラム缶の列が、次々と海上に投げ出される。

ドラム缶は比重を概《おおむ》ね「一」に保たれていたので、潜水艦に固縛しても艦の運動性などを損ねることはなかった。

三列のドラム缶は、固縛を解かれると、左右両舷でそれぞれ一本のドラム缶の列になる。それを確認すると、潜水艦は前進する。

「舫《もや》い解け！」

十分にドラム缶の数珠《じゅず》が伸びきると、潜水艦は輸送筒をつないでいるロープを放す。一番先頭と最後尾のドラム缶だけが海面に浮いている。海岸から発進してきた二隻の発動機艇は、そのドラム缶に向かって疾駆《しっく》する。

「これだけで、何日保《も》つんだ？」

司令塔から作業を監督しながら、本宮潜艦長は、村木主計長に尋ねる。こちらの実務は村木に一任してあるからだ。

「質問の意味にもよります。自分も海軍の主計科なので陸軍の経理はよくわかりませんが、砲弾で〇・一会戦分、つまり大隊砲なら一門一〇〇発勘定です。野砲なら一二〇発、それだけで全体の四割になります。

他にも燃料や小銃弾、医薬品があります。砲弾なら作戦には十分でしょうが、食料なら、保たせて一週間でしょう」

「一週間以内に結果を出せと言うことか」

「一大反攻は、それまでに行われるわけです。潜高型だから発見されずにここまで来られましたが、潜水艦による物資輸送など、いつまでも続けられるものじゃないです」

「それはそうだが、我々に物資輸送を委ねるからには、八艦隊司令部も第一七軍司令部も、そうとう追い詰められているんだ」


八月に行われた米軍によるガダルカナル島の上陸。それは日米間の激しい戦闘を招いた。

第一次ソロモン海戦などで米軍に圧勝した日本軍であったが、滑走路《かっそうろ》を占領されたことにより制空権は米軍にあった。

米軍はガダルカナル島の日本軍兵力を過大に評価したために、一万を超す兵力を上陸させた。

対する日本軍は、米軍を過少評価したため総勢二〇〇〇名程度の一木支隊でこれに当たり、支隊は全滅し、一木大佐は自決するに至る。

その後も逐次兵力投入が続き、兵力はほぼ互角になったものの、補給が続かないという事態を招く。

以降、何度か日米間で海戦も起きているが、そのどれもがガダルカナル島への補給作戦に関わるものだった。

じつを言えば、日米共に艦艇の損失は拡大していたが、それだけなら日米はまだ五分と言えた。

日本が不利なのは、輸送船舶《せんぱく》の不足であった。大本営の作戦指導も、日本軍優勢である状況にもかかわらず、船舶不足から作戦に掣肘《せいちゅう》が加えられていた。

そうした中でのガダルカナル島を巡る船舶の喪失は、日本側に劣勢を強いる結果となった。

貨物船での物資輸送が不可能となれば、高速の駆逐艦での物資輸送となり、さらには今日のように、ドラム缶に物資を詰めて潜水艦で運ぶようなことも行われる。

今回の輸送作戦は「実験」とされていたが、それが「通常」の任務になるのは時間の問題とも思われた。

ただ陸軍第一七軍は、大規模な反攻作戦を計画している。それが成功すれば、補給は貨物船が使えるはずだった。そう、成功さえすれば。

「あっ、潜艦長、あれ！」

村木が指さしたのは、伊号潜水艦に横付けしたランチに乗る、陰唆大佐とその部下たちだった。

陰唆大佐は、ランチの上で仁王《におう》立ちになり、司令塔の二人に向かって、丁寧と言うより慇懃《いんぎん》無礼な挨拶を寄越《よこ》した。本宮潜水艦長は、それに対して、海軍式に当たり前の返礼をし、村木は気がつかない振りをした。

「何しに行くんですか、あの男は」

「あれでも、陸軍大佐だ。師団司令部に作戦指導に赴くのだそうだ」

「陰唆大佐が作戦指導ですか……死体の山に終わらねばいいですけどね」

ガダルカナル島に上陸した日本陸軍司令部は、米軍との戦闘により何度か撤退《てったい》を余儀なくされたが、この一〇月の時点ではマタニカウ川西岸に司令部を置いていた。

この時、日本陸軍が第二師団を中心に一〇月二二日の夜間攻撃を計画していた。乾坤一擲《けんこんいってき》のこの作戦で、ルンガ飛行場を奪還《だっかん》するためである。

第二師団師団長である丸山政男中将は、陰㖕大佐の作戦指導を信じていなかった。作戦指導ではなく督戦《とくせん》に来たのではないか。それが彼の考えだ。

理由は、陰㖕大佐が東条首相の子飼いの軍人との評判を耳にしているからだ。参謀本部に籍はあるらしいが、実際のところ、彼が実戦部隊の指揮を執ったという話は、丸山師団長も聞いた事がない。

それでも丸山師団長は、二二日の大攻勢について、概要を説明する。

「師団は、おおむね現在線に展開し、夜襲を行いルンガ飛行場を一気に奪還し、引き続きルンガ川左岸の敵部隊を殲滅する。

攻撃の重点は、ルンガ川右岸に沿い、飛行場西北地区に指向し、突撃時期は二二日一六〇〇を予定」

丸山師団長は、そこから敵軍を包囲《こうい》するための火力の配置や、右翼隊・左翼隊の戦闘序列や攻撃目標を説明した。

だが、陰㖕大佐はそうした説明にはまるで興味が無いかのような態度である。

「貴官の意見は?」

階級は中将で大佐より上とは言え、陰㖕は東条首相の目であり、耳であるとなれば、師団長とて相応《そうおう》に丁重になる。

「火力が不足しておりますな」

陰唆大佐は、あっさり、そう言ってのけた。

「それに計画では、砲兵は期日までに進出しなければなりませんが、工兵が啓開《けいかい》した道幅《みちはば》では、期日までの移動は困難でしょう。砲弾とて十分ではない」

丸山師団長は、辛うじて怒りを抑えた。そんなことは言われなくても分かっている。補給と火力の不足、それを打開するのが大本営であり、陰唆大佐の作戦指導ではなかったか？

「海軍部隊が二師団の突撃に呼応《こおう》して、艦砲射撃を加える計画でしたね」

「こちらから飛行場に突撃を行うにあたり、バンザイと暗号電を打つことになっている。それで海軍の艦砲射撃が行われる」

「ならば、砲兵の進出が多少遅れても、敵を粉《ふん》砕《さい》する火力には困りませんな」

この男は何を言っているのか？　丸山師団長は、怒りを覚えるより先に呆れてしまう。この男が実戦を経験したことがあるのかないのかわからないが、海軍の砲撃があるから陸軍砲兵は不要とばかりの発言はなんなのか。

「君は大本営から作戦指導のために、ここに来ているはずだ。火力に問題があるというなら、そちらの意見を伺《うかが》おう」

こいつは何を語るのか？　つまらぬ精神論でもぶち上げるのか？　しかし、陰唆大佐の作戦指導は違っていた。

「秘密兵器を投入します」

「秘密兵器だと……」

そう言えば、この男は海軍の新鋭潜水艦でガダルカナル島に送られたと聞いた。潜水艦は物資補給のために投入されたとあれば、その物資の中に秘密兵器があるのか？

「それはどんなものなのか？　期日までに配置に就けるのか？」

「どんなものかは、現時点では秘密であります。しかし、それは戦場で阿修羅《あしゅら》の如《ごと》き活躍《かつやく》を見せてくれるでしょう」

「それほどのものなのに、師団長たる私にも見せられないというのか？」

「残念ながら、自分がこの地で組み立てねばなりません。完成するまでお見せしたくともお見せできないわけです」

「大きさはどれくらいなのだ？　機動力を削《そ》ぐものでは困るぞ」

「嵩《かさ》を言えば、豆戦車ほどでしょうか。自走できますから、機動力の問題はありません。すでに実験を行い、その性能は確認済みです」

陰唆の話を総合すると、火力を補うための豆戦車的な何かか？　あるいは小型の砲戦車の類か。

「自分と部下で、それを完成させます」

「君らは部下を入れても五人程度ではないか。人手は足《た》りるのか？」

「専門技能が必要な作業です。我々だけで十分です」

それは、素人は手を出すなということの、大人の表現だった。

「ご心配なく、期日には間に合わせます」

「分隊長、道があります」

それを発見したのはキース一等兵だった。

「道だな、間違いない」

カーツ軍曹は、トンプソン・サブマシンガンを構え直しながら、その道に足を踏み入れる。

「友軍のものじゃありませんね」

ウエイン伍長に分隊長のカーツ軍曹は頷く。

「下草の伐採はつい最近だ。この島じゃ、あっという間に草が生えてくるからな」

「日本軍の進撃路でしょうか？」

「まぁ、伍長の言うのが妥当だろうな」

ただカーツ軍曹は、この状況に、いささか釈然としなかった。

ここはルンガ川の西岸地域。日本軍は米軍との戦闘に敗れ、撤退を重ね、いまは遥か西方のマタニカウ川西岸に拠点を構えているはずだ。

日本軍が大きく島を迂回《うかい》して、自分達を攻撃してくる可能性はある。じっさい米軍はそうした布陣を行っている。

有刺鉄線を展開し、地雷を敷設し、集音マイク網を整備して、接近する日本兵を察知する準備も出来ている。

そうした点から考えると、この道路はおかしな場所にある。ルンガ川の川岸にも近く、河岸からもそう隔たっていない。

つまり米軍拠点に近すぎる。ここを日本兵部隊が移動すれば、ルンガ川に到達する前に発見され、砲撃を受けるのは避けられない。

つまり攻撃ルートとするなら、ここに道路など啓開するはずがないのだ。

「分隊長、見て下さい。これ、車輪の跡じゃないですか？」

キース一等兵が、小銃の先で示す。発見した道路自体は幅二フィート弱程度の狭いものだった。

しかし、よく見ると、舗装こそされていないが、一度は転圧されたらしい地面が見える。草に覆われているが、地面そのものは整理された道だ。

幅も七フィートはあるだろう。その地面に幅の狭い車輌が通過した轍の跡らしきものがある。

「一路建設した道路を放棄して、草が生え茂ったものを、再び啓開した。そういうことか？」

「しかし、分隊長、我々が上陸した時点で、日本軍が飛行場以外にルンガ川周辺に施設を建設したという報告はありませんが」

「伍長はどう思う？」

「キースと同じ意見です。日本軍が川を挟んで反対側に、何かの施設を建設していたという報告はありません。捕虜の尋問《じんもん》でも、そんな話はなかったはずです」

「まぁ、そんな施設があったなら、とうの昔に発見されてるな」

さっさと前進して調査すべき。カーツ軍曹もそれはわかっていたが、何故かここを前進するのは躊躇われた。

「我々の知らない日本軍施設があって、それを再び奴らが使うつもりなら、放置できませんよ」

「わかってる、伍長」

そして彼は思った。どうして日本兵の姿がないのかと。こうした作業は工兵隊が行うはずだが、工兵の姿はどこにもない。

「前進する」

先頭を歩くのはキース一等兵だった。そこから距離を置き、伍長や軍曹など分隊の中心が歩み、さらに距離を置いて後衛《こうえい》の兵士たちが進む。

元は七フィートはあったのだろうが、いまは歩ける幅は二フィートしかない。歩兵が一列で進めるだけだ。

「分隊長、奴ら、機械でも使ったんですかね」

「機械って、なんだ、伍長？」

「伐採ですよ。この道、下草を切り取っただけの簡単なものですけど、草は綺麗に刈り揃えられてませんか？」

カーツ軍曹は、さっきから感じていた、この道への違和感の理由がそれでわかった。いままでみた日本軍がジャングルに啓開した道路は、もっと雑だ。手作業で、かつ速度を求められれば、どうしても雑になる。

しかし、この道は不自然なほど綺麗に刈り取られている。しかも整地された道路の跡であることが、なおさら不自然さを増したのだ。

「奴らだって、電動ノコギリくらいあるだろう。飛行機だって作れるんだ」

道路は真っ直《す》ぐ続いていた。真っ直ぐなはずだが、後ろを見ると、道路はジャングルに隠されている。

おそらくは直線ではなく弧《こ》を描いているのだろう。カーツ軍曹はそう自分に言い聞かせる。

「無線手！　小隊におかしな道を見つけたことを連絡しろ！」

分隊には小型無線機であるハンディトーキーがある。

カーツ軍曹は、胸騒ぎが抑えられず、小隊本部に無線連絡を入れさせた。もう少し、状況がわかってから報告したかったが、今すべきと思ったのだ。

「分隊長、無線が通じません！

電波状態がひどく悪いんです！」

「悪いってのは何だ？　無線機の故障か？」

「無線機は正常です。何というか、電波が弱くなってるみたいで、場所のせいだと思うのですが」

「もう少し前進してから、やり直せ」

カーツ軍曹は、気がついていた。無線が通じないとは、小隊の誰も、自分達がどこにいるのかを知らないと言うことだ。

「分隊長、広場です！」

先頭のキース一等兵が報告する。分隊が急ぎ前進すると、彼らは広い平地にでた。

「なんだ、これは……」

それは不自然な広場だった。面積一エーカー(約一二二四坪)ほどの円形の広場は、機械で刈り取ったように、綺麗に樹木が伐採されていた。

草や細い木は刃物で伐採され、大木は引き抜かれている。

「敵軍の集結地ですか？」

「その敵軍は、どこにいるんだ、伍長」

かなりの労力を投入して啓開した広場であるはずなのに、日本兵の姿がない。それどころか日本兵がいたという痕跡がない。

野営した跡もなければ、塹壕を掘った跡もない。野砲を運び込んだ跡も何もない。樹木を伐採した円形の土地があるだけだ。

「ぐぁっ！」

後衛の悲鳴が聞こえた。振り向けば、そこに身長四メートル近い巨人がいた。

石灰を塗りつけたようなほぼ全裸の巨人。頭髪はなく、目は空洞であるかのように黒く、表情が読めない。

その巨人は無表情に後衛の兵士をつかみ、無造作に首を引き抜いて、兵士たちに投げつけた。

兵士の何人かは、あまりの光景に嘔吐《おうと》した。

カーツ軍曹も、撃てと命じる前に、勝手に銃の引き金を引いていた。

銃弾は巨人に命中したらしい。白い巨体に赤い傷口が浮かぶ。

しかし、巨人は怒りさえ浮かべず、ただ無表情に近くの兵士を捕まえ、その小銃を、兵士の口に叩き込んだ。

「伍長！」

あまりの光景にマガジンが空になるまで銃弾を撃ち尽くした軍曹の横で、ウエイン伍長が空に飛んだ。

振り向けばもう一体の巨人が伍長の体から首を引っこ抜いていた。あくまでも無表情に。その巨人は最初のそれと身長も顔もまったく同じだった。双子《ふたご》のように。

兵士たちはガーランド銃の銃弾を撃ち尽くした。銃弾は恐怖のため、一割も当たらない。そしてマガジンの再装填《そうてん》に手間取る間に、兵士たちは首を抜かれるか、二つに折られていた。

ただ分隊長のカーツ軍曹だけは、二体の巨人に左右から腕をつかまれ、二つに裂かれた。殺戮が終わった時も、巨人たちは無表情だった。

二体の巨人は、他に獲物《えもの》はないか、左右を見渡す。そして自分達に近づくものに、攻撃の姿勢を示した。

「鎮まれ」

五芒星《ごぼうせい》が刻まれた瑪瑙《めのう》のような石をかざしながら、陰唆大佐が現れる。

「実験は大成功だ。閣下も喜ばれることだろう。お前たち、死体をすべて作業場に運んでおけ。贄《にえ》にするなら新鮮な死体が一番だ」

「陰唆大佐が二体の巨人を操り、米軍の偵察分隊を殴り殺して、その死体を贄にすると言ったのか」

ラバウルの蛇魂機関事務所は、表向き陸軍の施設であり、海洋調査部の建物は、すぐ近くの別の建物にあった。

だから本宮兄弟が直接顔を合わすことは、ラバウルではあまりなかった。しかし、その日の朝だけは違った。

食事中の本宮陸軍少佐のもとに、兄である本宮海軍中佐が尋ねてきたのだ。彼は弟の勧めるコーヒーを飲むと、昨夜の悪夢について語った。

「何というか、ひどく生々《なまなま》しい夢だった。お前はフロイトだかユングにも詳しかったな。この夢は何を意味してるんだ？　未来を暗示しているのか？」

「いや、現実の出来事だろう」

本宮機関長は言う。彼も朝食にはほとんど手を付けず、コーヒーしか飲んでいない。

「なぜ現実だとわかる？」

「その夢なら俺もみた。陰唆大佐というのは、背の高い酷薄《こくはく》そうな男だろ」

本宮機関長は兄に、自分が見た夢のことを話した。それは三富や海軍中佐の見た夢と陰唆大佐の姿形も含め同じであった。

「自分は陰唆大佐と面識がない。ラバウルでさえすれ違いで終わっている。根来教授も兄貴も面識があると言うのにな」

「何か意味があるというのか？」

「これでも参謀本部の人間だ。陰唆大佐と面識はなくとも、噂は耳にしている。

彼が自分と面識がないのは、自分と遇うことを避けているか、まだその時期ではないという計算があるからだ」

「なるほど。それよりこの夢との関係だ」

「村木の話が本当なら、陰唆大佐は何らかの超常的な能力が使えるようだ。あるいは『未魂写本』で会得したのかもしれないがな。

だとすると、こんな夢を自分達が見たのは、陰唆大佐の意思さ。メッセージと言うべきかもしれないな」

「メッセージとして、なんだ、警告か？」

「いまから潜高型でガダルカナル島に向かえば、いつ到着する？」

「二三日の深夜には到着できると思うが」

「やはりな。これは陰唆大佐からの招待状さ。ガダルカナル島へ来いという」

「なぜわかる？」

「第二師団が米軍陣地に総攻撃をかけるのは、十月二三日の深夜、つまり日付が二四日に変わった頃だ。奴はそこまで計算してるのさ」

　伊号第二〇一潜水艦がラバウルを出航してから数時間後、重巡洋艦部隊も第二師団を支援すべくガダルカナル島へと向かった。

　そして二三日から二四日に日付が変わった深夜、ラバウルの海軍第八艦隊司令部は、陸軍からの無線通信を傍受していた。それはごく短い暗号だった。

「バンザイ」

　二四日に左翼隊と右翼隊により米軍部隊を包囲殲滅せんとした第二師団の作戦計画は、攻撃開始前から破綻していた。

　砲兵はやはり時間までに配置に就くことができなかった。さらにガダルカナル島を襲ったスコールのために部隊の進軍が遅れただけではなく、自分達がどこにいるのかさえわからなくなった程だ。

　さらに左翼隊と右翼隊は、互いの通信手段を失っていた。野戦電話はなぜかつながらない。数少ない無線機も、電波状態が劣悪でどうにもならない。

　最後の手段で伝令を出してみるも、彼らは二度と戻ってこなかった。このことは両部隊に厳しい決断を強いた。

状況を客観的に考えるなら、作戦は延期すべきである。しかし、友軍が予定通りに配置に就き、攻撃を開始したら、彼らは米軍の攻撃を一身に浴びることになる。

そうなれば友軍は全滅し、自分達が捲土重来と思っても半減した兵力では、もはや勝利は望めない。

左翼隊も右翼隊も、互いに通信連絡が取れない結果、そうした結論に至った。このため重火器が遅れている中で、軽装備の歩兵だけを遮二無二前進させることとなる。

こうした中で、移動中の右翼隊は、突然、平坦地とその向こうにある有刺鉄線《ゆうしてっせん》に遭遇した。

「これが敵陣か？」

移動中の部隊は、自分達の正確な位置を把握し損ねていた。

だから有刺鉄線に遭遇したことは、彼らにとっては正確な位置がわかることと、とりあえず敵陣に到着した点で、ある意味安堵していた。

周囲を見ても、米兵が潜んでいる様子はない。念のため斥候を出して見るも、やはり敵兵の姿はなかった。

報告を受けた中隊長は、隷下の小隊に対して、鉄条網《てつじょうもう》を啓開し、敵陣に浸透《しんとう》するよう命じた。

それぞれの小隊ごとに、有刺鉄線を啓開し、敵陣へと移動しているその時、日本軍の周囲に夥しい数の砲弾が弾着した。

機銃掃射《きじゅうそうしゃ》もなく、ただ砲撃だけが続く。しかし、夜間にもかかわらず、その砲撃は正確無比《むひ》であった。

じつは米軍は、周囲の有刺鉄線にＷＥ（ウエスタン・エレクトリック）社製の高性能マイクを一万個以上装着していた。

これらのマイクは、聴音兵《サウンド・ウォッチャー》により、回線を切り換えながら傍受されていた。

日本兵の接近を音で察知すれば、どのマイクによるものかがわかる。座標がわかっていれば、そこに向かって砲撃をかけるだけだ。

砲撃で有刺鉄線も高性能マイクも日本兵ごと吹き飛ぶが、アメリカ軍にとっては、その程度の損失は計算のうちだ。

日本軍もこうした「聴音《ちょうおん》システム」が米軍陣地にあるらしいことは、ある程度は把握していた。

しかし、たかが聴音のためだけに一万余りの高性能マイクを投入すると言う発想は、陸軍軍人の想像力の外にあった。ましてマイク網と砲兵を連動させることなど想像もつかない。

もちろんマイクのケーブルを切断するようなことも行われたが、破壊工作をすれば砲弾が飛んでくるのでは、マイク本体に迂闊《うかつ》に手だしはできない。

砲撃で破壊された、マイク網の穴を狙おうとしても、米軍は専属部隊で早々に修理を終えていた。

結局、日本軍の対抗策は「静かに接近する」しかなかった。だが一人二人の兵士ならいざ知らず、大部隊での接近では、それは実行不可能だった。

このマイクと砲撃の連携《れんけい》により、中隊は前進を阻まれた。

一方、彼らと隣接する別の中隊にとっては、これは奇禍《きか》と映った。敵が隣の中隊を攻撃しているうちに、自分達は前進し、可能なら敵の側背にまわり、友軍を救う。

しかし、これも上手くはいかなかった。中隊が前進した途端、彼らは左右から機銃掃射に晒《さら》される。

彼らの正面も高性能マイクが設備されていたが、砲撃はなかった。なぜならそこは機銃座が複数存在していたためだ。

ただ、日本軍は先の中隊のように一方的に叩かれていたわけではなかった。敵の野砲陣地は不明でも、機銃座は目の前にある。

日本軍も軽機関銃や擲弾筒で米軍に応戦した。

この時、不可解な事が前線の後方で起きていた。師団司令部の作戦指揮所に右翼隊から「飛行場に到達し、それを占領しつつあり」との報告が野戦電話により届いたのだ。だがこれが誰から放たれた電話なのか、はっきりしなかった。

しかし、師団司令部はこの報告に欣喜雀躍し、報告者のことなど気にもしなかった。

師団司令部は、すぐに予てよりの計画に従い、第八艦隊に対して艦砲射撃を要請する「バンザイ」の暗号を打電した。これは砲撃部隊である重巡部隊に転送される。

艦隊はそれに従い、待機位置からガダルカナル島に針路を向けた。

そうした動きがある中で、前線の日本軍が敵陣の手前で動けなくなっていた。砲火力に圧倒的な差があったためだ。

だが、ある瞬間から状況は一変する。

「なんだ！」

右翼隊の背後から、幾つもの固まりがものの凄い勢いで米軍陣地に向かって行く。そして米軍の機銃座は沈黙し、かわりに悲鳴と叫び声が響いてきた。

「うぇぇぇっ！」

最前列の日本兵たちの間から、悲鳴が上がる。なぜなら彼らの目の前に、引きちぎられた頭や手足が投げつけられてきたからだ。

「と、突撃！」

各小隊長は、何が起きているかわからなかったが、ともかく米軍が沈黙したことで、突撃を命じた。

しかし、日本兵たちの突撃は敵陣に到達した途端に止まってしまう。闇夜《やみよ》である。灯りはない。

その中で、日本兵たちは戦場全体に漂う、鮮血の臭いに吐きそうになる。単なる死体からの血の臭いではない。

そこには血の臭いしかなかった。敵陣の端《はし》から端まで、鮮血の臭いが支配する。呼吸をしてさえ、肺が血を含んだ空気を避けるのは不可能だった。

何かが彼らの前方を進み、それと同時に米兵を刈り取っているのがわかる。それは戦闘ではなく、まさに刈り取るとしか表現のしようがなかった。

戦場は濃厚な血の臭いに覆われており、それは、米兵たちの首や手足や臓物《ぞうもつ》が、その場にまき散らされていたためだった。

むろん、その姿を目視することはできない。周囲は闇なのだ。だが日本兵たちは、それを戦場の本能として知っている。地面に歩を進める度に、人体の一部を踏みつけている感触《かんしょく》がある。

これは腕、これは足、これは多分、手のひら、いまのは臓物の何か、そしていま頭蓋《ずがい》を踏んだ。

たまさか血の臭いが途切れるのは、大腸を踏みつけた時だった。その時だけは踏んだ人間の周囲で、人糞《じんぷん》の臭いが血の臭いに勝つ。

闇故に日本兵の視覚以外の五感は研ぎ澄まされていた。だから彼らには周囲の四散する人体がわかった。その感触と戦いながら、日本兵たちは前進する。

どこの誰と言うことなく、

「嫌だ、嫌だ」

と呟く声が幾つも聞こえる。それでも、嫌だと呟きながらでも、日本兵たちは前進を止めなかった。

止められなかった。ここで止まれば、自分は一面に広がる損壊した人間のまっただ中に取り残されるからだ。

大隊長も、中隊長も、小隊長も、分隊長も、すでに作戦のことなど頭にない。誰かに動かされているかのように、ただただ前進する。

敵兵に射殺されることなど気にならない。頭の一部では、この地獄から逃れられるなら射殺されても構わないと囁く声が聞こえた。

それでも日本軍は確かに前進していた。闇の中で突然、何かが燃え上がる。

それは周囲を照らし、その光で日本兵たちは嘔吐する。自分の周囲に広がる、一面の人間だったものの肉片の平原に。

それでも膝を屈するものはいない。一面の肉片の上に倒れ込みたいと思うものなどいないからだ。

恐怖が彼らを直立させる。あまりにも非常識な光景に、彼らは発狂《はっきょう》することで逃避《とうひ》する自由さえ奪われていた。あるいは心を縛られ、狂気する自由さえ奪われていた。

できるのは地面を見ることではなく、姿勢を正し、前を見ることだけ。それは敵弾に撃ってくれと言うようなものだが、いまの彼らには、戦死さえ安らぎだ。

その彼らが見たもの。燃えているのは苦しみもがく巨人だった。身長は四メートル弱ほどの巨大な人型。

そんなものが、日本兵の前を一〇人ほどの横一列で歩いている。手には大刀をもち、米兵たちを粉砕する。

理性があるならば、逃げるべきだろう。しかし、精神を縛られている日本兵たちは、前進を続ける。

一つだけわかったのは、巨人も不死身ではないことだった。米兵たちは自分達を殺しにくる巨人に、機関銃や対戦車砲を向ける。

野砲が使えないのは、すでに巨人と日本兵が飛行場に侵入し、砲撃で米兵も巻き込みかねないからだった。

だから使える火砲は三七ミリ対戦車砲しかない。直接照準により、巨人に砲弾が撃ち込まれる。

しかし、対戦車砲弾は巨人に命中しても、巨人の身体を貫通するだけで、爆発には至らない。

そして対戦車砲座は、巨人が投げつける米兵たちの死体に蹂躙《じゅうりん》される。

正確な照準で、砲座には上からバラバラになった米兵の死体が幾つも降ってくる。その威力はどんな爆弾よりも破壊力があった。

それでも対戦車砲弾が貫通した傷は、巨人たちを傷つけていた。大量の出血で歩けなくなった巨人は、その場で燃えはじめた。

燃えはじめると同時に、それは日本兵だろうが米兵だろうが関係なく、自分の炎に兵士を巻き込む。

「撃て！」

一人の分隊長が叫ぶ。彼は分隊火器の軽機関銃で巨人を後ろから銃撃した。それが呪縛を解いた。

米兵たちを殺戮しているとはいえ、だから巨人が日本軍の戦友とは、彼らには到底思えなかった。

あれはたまたま米兵を殺戮しているだけで、人間の敵、化け物に他ならない。日本兵たちはそう考え、そして小銃や軽機関銃で巨人たちを銃撃する。

この瞬間、日米の兵士は化け物である巨人を退治する点で、戦友となっていた。

前からと後ろからと、銃弾は巨人たちに命中する。だが、致命傷《ちめいしょう》にはならない。そして巨人たちは、日本兵を振り返り、そちらに向かって跳躍した。

巨人たちは今度は日本兵に殺戮の矛先《ほこさき》を向けた。しかも、巨人たちはさらに一〇体ほどが現れ、その殺戮に参加した。

ルンガ飛行場の周辺では、日米の戦闘ではなく、巨人による殺戮が行われた。巨人たちは人間なら、日本人もアメリカ人も区別しなかった。

本来なら、ここで米軍砲兵が巨人に砲撃をかけるはずだった。しかし、できなかった。すでに砲兵陣地は、巨人により人間の残骸で埋まっていた。

あとから現れた一〇体の巨人は、米砲兵隊を壊滅《かいめつ》させてからやって来たのだ。

巨人たちの殺戮は続き、滑走路は人間の肉片と臓物で埋められて行く。そこに人種も国籍の違いもなかった。そもそも区別ができる状況ではなかった。

ルンガ飛行場の戦闘のために、ルンガ川の守備はほとんどないに等しかった。滑走路に現れた巨人と日本兵により、米軍は飛行場そのものの防衛のため、戦線を縮小する必要に迫られたためだろうか。

西村式豆潜航艇は、その守備隊のいないルンガ川を遡上《そじょう》し、やがて目立たない河岸に停止する。

「急げ、もう始まってる」

本宮機関長は、戸山軍曹と村木主計大尉を伴い、ルンガ川西岸の一度は放棄《ほうき》した拠点に向かった。

潜水艦でルンガ川は移動できない。できるのは潜航艇だけだが、定員は三名だ。だから本宮は戸山と村木の二名を連れて行く。

それにこの二名で駄目なら、一〇人連れてきても同じことだ。

「陰唆の奴は、本当にそこにいるんですか?」

「軍曹にもわかるはずだ。あいつの黒い情念を感じないか?」

「確かに……」

「何があるんですか、機関長?」

「君はここには来てなかったな。最初に我々が巨人の骨を発掘した場所だ」

伊号第二〇一潜水艦でガダルカナル島に接近し、いよいよ上陸せんとしたとき、本宮機関長は夢を見た。

数十体の巨人が米兵と日本兵を区別せず、手当たり次第に惨殺する光景。それはもはや戦闘ではなく、殺戮のための殺戮だった。

さすがに砲弾を浴びて燃えながら消滅する巨人もいたが、その数は少ない。火砲はほとんど巨人たちに蹂躙されている。

ある意味、ルンガ飛行場の米軍陣地は崩壊しているかもしれない。しかし、それを攻撃し、占領すべき日本軍もまた、巨人により壊滅的な打撃を受けていた。

そう、いまルンガ飛行場を支配しているのは、米軍でも日本軍でもなく、巨人であった。

その夢は、ほんの数秒だけ、本宮の脳裏《のうり》を駆け抜けていった。そう、夢の中の主観的な時間と、実際の経過時間には数百倍の違いがあった。

だが、それで本宮はどこへ行くべきかがわかった。そして彼は目的地――かつて放棄した巨人の骨の発掘拠点――へと向かった。

川岸からしばらくは、ジャングルの中を進まねばならなかった。

日本軍の大攻勢の中、懐中電灯を使うのは自殺行為に等しかったが、本宮は躊躇わない。ここに米軍はいない、何故か彼にはそれが確信できていたからだ。

そうして敵に発見されることなく、すぐにジャングルを抜け、自分達のために千手組が作った道路にでる。

そこはすでに草に覆われていたが、ジャングルを進むよりは、遥かに楽だ。そうしてその道を歩いていると、いつの間にか草を踏む感触がないことに気がつく。

「機関長、この道！」

「あぁ、そうだ」

それはジャングルの中にトンネルを穿《うが》ったかのような、石板が並べられている道。数カ月前に本宮と戸山をアラオザルへと導いたのと同じ道だ。

だがいまは別の所に通じているはず。それもなぜか本宮にはわかった。

じじつ三人は、彼らの主観では一〇分と進まないうちに巨人発掘の拠点にたどり着いていた。

普通に歩けば、早くても二時間以上はかかるはずなのに。

三角兵舎の周辺は、草木に覆われていたが、幅二メートルほどの獣道のような、動物が通ってできたような道がある。そしてその獣道を塞いでいた三角兵舎の一つは、みごとに破壊されていた。

「巨人の作った道だ。奴らはここから戦場に行ったんだ」

本宮は石板の道から獣道へ移ると、そこから進む。

「あっ！」

村木と戸山もそれに続くが、三人が石板の道を外れ、村木が振り返ると、その道は闇の中に消えた。

獣道は整地も何もされていなかったが、数十人の巨人たちが歩いたためか、比較的歩きやすかった。

そして彼らは、発掘現場に到達する。完全に埋め戻したはずの場所は掘り起こされ、それどころか、周囲はあちこちに大きな穴が開けられている。

「手間がかかったのは、最初の一体を発掘し、甦らせるまでだったよ。一体が復活すれば、あとの力作業はそいつにさせればいい。二体目が復活してからは、すべての骨を発掘するまで、電光石火《でんこうせっか》の早業《はやわざ》だったよ」

一人の背の高い陸軍軍人が、監督が作業を指示するための、監督小屋の前にいた。

「陰唆大佐か！」

「招待を受けてくれたのだね、本宮少佐」

「招待だと……あの夢は！」

「軽い挨拶だよ、本宮君。試験でもある。私の招待を受けられるかどうかのね。君がここにいるというのは、君は試験に合格したんだよ」

「あれは、あの虐殺《ぎゃくさつ》は事実なのか！」

「何が事実であるか？　それは哲学的な問題だね。ただ私がこの島で起きていることを、私の視点で感じ、それを君が受け取ったとは言える。

だから、少なくとも私は故意に嘘を吐いてなどいない。そう、あの巨人たちはあれだけの働きをしてくれた」

「貴様が古代文明の反魂術で、巨人を甦らせ、兵器として戦場に送り込んだのだな！　だが、実験は大失敗だ！」

怒る本宮に、陰陽は落ち着いていた。

「二点、君の指摘に訂正を許して欲しい。一つは――古代文明という言い方は不正確だがいまはよしとして――反魂術という点だ。まぁ、それは君たちの落ち度ではない。あの西行からして誤《あやま》っていたのだからな。

君らが反魂術と呼んでいるものは、死者復活の儀式ではないんだ。それは『撰集抄』をよく読めばわかる。

さらに佐藤少尉のことで、君たちは大きな勘違いをしてしまった。確かに佐藤少尉は子供の頃に溺死し、彼の父君は禁断の術で、溺死した子供を甦らせた。

しかし、それは死体が甦ったに過ぎない。彼の魂は死んでいた。だから代用品が甦った肉体に収まった。

そうだね、今風なモダンな言い方をすれば、佐藤少尉はロボットとして甦ったのだよ。父が封入した代用品の魂《たましい》が粗悪《そあく》だったので、佐藤少尉の性格は一変したのだがね」

「それは『未魂写本』に書かれていたのか？」

「書かれていたが、それは重要ではない。このことはすでに私は知っていたからね。

ともかく、反魂術とは死者復活の術じゃない。魂の容《い》れ物を作り上げる術なのだよ。材料は人間だ。

佐藤少尉に話を戻せば、彼の父君の術者としての技量は低かった。そうだろう、彼の西行で《か》さえ失敗したのだ、市井《しせい》の人間が書物を読んだだけで術を行っても成功するはずがない。


どうも佐藤少尉の場合は、父君が作り上げた魂の代表品ではなく、悪霊が入り込んだようだがね」

本宮少佐は、陰唆大佐に言いしれぬ恐怖を覚えた。表情一つ変えることなく、こんな話を平気でできるこの男の人間性の欠如に恐怖を覚えたのだ。

「反魂術は魂の容れ物を作る術。佐藤少尉は子供の死体で、容れ物が作られた。魂に比べれば、容れ物を作り上げるのは容易だ。

太古の英知が我々よりも優れていたのは、容れ物ではなく、その容れ物にいれる魂についての術なのだよ。前伏見中納言仲は、その術の奥義も理解していたので、まさに朝廷の高官にまでのぼりつめた傀儡《くぐつ》を作り上げることができたわけだ」

「敵味方なく殺戮を繰り返す巨人を甦らせてしまった貴様も、奥義は理解していなかったわけか！」

「巨人は太古《たいこ》の英知による使役《しえき》動物だよ。力仕事をさせるための道具。君だって軍人なら、使役動物では良き兵士は務まらないくらいはわかるだろう。

最低限、敵味方の区別がつかねばならない。しかし、あの巨人たちにそんな能力はない。

君たちも、ここを撤収するときに、骨の一つも持ち帰れば、真相に気がついただろうに。巨人などという生物は、存在しないのだよ」

「馬鹿な、ならあの骨はなんだ！」

「人間の骨だ。巨人の骨格は、人間の骨を継ぎ合わせて作り上げたものなんだよ。人体の寄《よ》せ木細工《ぎざいく》さ。

その骨格に、人間の血と肉を与え、そこに術を施し、巨人として魂の器を作る。あの巨人たちが、誰彼構わず人体を引きちぎるのは、巨人の身体の〝叫び〟さ。あれは解体した人体から作り上げられた物だからね」

「貴様は何をしたんだ」

「この島には、わざわざ骨格を作らなくても古代の英知が作り上げ、放棄した骨格が何十体とある。

あとは人間の血と肉があれば甦らせることができる。そしてそのための死体なら、この島には腐《くさ》るほどある。じっさい多くは腐っていたよ」

「貴様……自分のしたことがわかっているの

か！　死体を化け物復活の材料にするなど、戦友を、いやそれが敵兵でも、人間に対する冒涜《ぼうとく》だぞ！」

「おいおい、本気かね？　他ならぬ戦場で、そんなのはつまらん建前じゃないか。

砲弾の破片で頭半分噴き飛ばされても、巨人に首を引きちぎられても、殺される者にとっては同じこと。

戦場は敵の人間性を否定し、それを辱める場なのだよ。互いにそうしている。誰が人間の尊厳を考えるものかね。互いに敵を冒涜することで、味方から讃《たた》えられる。それが戦争だ。

我々だけではない。太古の英知を司《つかさど》った者たちは一人ではなく、それどころか一つの種族でもないのだよ。それらもまた互いに戦っていた。

そうした英知の中には、巨大なアメーバのような不定形の使役動物を活用した者たちもあったという。

だが彼らはその不定形の使役動物に知性を与えてしまったがために、反乱に遭い、自らの衰《すい》退《たい》を招いてしまった。

だから彼らは知性らしい知性を持たぬ、使役動物を作り上げた。まぁ、術は完成したが、彼らの衰退を止めるには手遅れだったわけだが」

「……どうしてそんなことを貴様は知っている！」

「そんな愚問《ぐもん》が出るとは驚きだ。君はなぜ帝国が支那《しな》からビルマに至る、広大なアジアを占領したと思っているのだね？　アジアは西欧よりも遥かに古い文明と文化を担ってきた。太古の知識が、アジア各地に眠っているのは当然ではないかね。帝国は、それを活用しようとしているだけだ。

東条閣下の言葉を忘れたか？　物質は有限だが、精神力は無限だ。我等は西欧に打ち勝つための大東亜凶永圏を打ち立てるのだよ」

「大東亜共栄圏だろ」

「物質的にはだ。精神的には大東亜凶永圏なのだ。人間の精神力で何が最も強いか？　怒り、悲しみ、憎悪だ！　永遠に続く呪の精神が、無限の力を生むのだよ」

「……まさか、あの巨人が殺戮だけを繰り返すのは」

「そうだよ、いまルンガ飛行場の周辺には日米両軍の兵士たちの呪の感情が渦巻いている。それこそが圧倒的な力となる」

そして陰唆大佐は懐中時計を取り出す。闇夜の中で、時計の文字盤だけが青白い燐光を放っていた。

「いま現地時間でちょうど午前三時だ。東の空を見たまえ！」

ルンガ飛行場の方から何か、恐ろしい速度で青白い光の球が空に昇り、上空で針路を変えると、空を横切った。

「あれが呪《じゅ》の力さ。将兵の怒り、悲しみ、憎悪《ぞうお》の結晶《けっしょう》だよ。

ここまで説明すれば、君にもわかるだろう。我々は手を握るべきなのだよ。

残念ながら、我が機関には蛇魂機関ほどの優秀な人材がいない。本宮君や、村木君、戸山君のような人材がいないのだ。

東条閣下に文句を言うつもりはないが、我が機関には私以外に精神感応能力のある者さえ一人もいない。

蛇魂機関が我が機関の傘下に入るなら、大東亜凶永圏完成は造作《ぞうさ》もない」

「断ると言ったら？　貴様の言ってることは狂人の戯《ざ》れ言だ！」

「ふむ、やはり交渉は成立しなかったか。いや、そうなることはわかっていたよ。

これでも多少は予知能力も働くのでね。それでも、わずかな可能性に賭けるだけの価値が君たちにはあったのだよ。それは忘れないでもらいたい。

私はこれでも楽観的なんだ。本宮少佐がきっと私の話を聞いてくれる時が来てくれるとね。君は特別な人間なのだ」

「貴様！」

「それでだ、先ほどの話の訂正の二つ目を話しておこう。

君が言うように、巨人たちは暴走している。しかし、あれは人間を前にしたときの使役動物としての巨人の本能さ。解体され、再構成された肉体たちのね。

それは最初から織り込み済みのことだ。つまり実験は成功なのだよ。君は失敗と言ったがね。むろん暴走した巨人を放置するわけにはいかない。だからちゃんと始末するよう手配はした。

そろそろだ」

陰唆大佐がそう述べると、海岸から次々と雷鳴のような砲声が轟く。

「海軍の重巡洋艦部隊だ。陸海軍の協定により、暗号電を打てば、砲撃が為されるようになっている。

巨人は凶暴で頑強だが、材料は人間だ。艦砲射撃を浴びれば、再び土に還るだけだ」

その瞬間、陰陵大佐の周囲が円形に燐光を放つ。

「そして重巡洋艦部隊の照準は、ここにも定められている。もう直、ここは二〇センチ砲弾の集中砲火を浴びることになる。

君たちを部下にできなかったことは、本当に残念だ。味方でないものは、敵として扱わねばならぬ。悪く思わないでもらいたい、これが戦争の現実なのだよ」

魔方陣の燐光が消えると同時に、陰陵大佐もその姿を消した。そして砲弾が、いままで陰陵大佐のいた監督小屋を噴き飛ばす。

「俺につかまれ！」

本宮少佐は、戸山と村木に叫ぶ。初弾は、窪地に飛び込むことで、辛うじて回避できた。だが、本宮少佐は村木か戸山が出血しているらしい、血の臭いを嗅ぐ。

「これを使うしかないのか」

本宮少佐は胸のポケットから星形の印章《いんしょう》が入った石を取り出し、それを握る。石は熱を持っていた。そして本宮は何を為すべきかを理解した。

直感に従い石を投げると、石板を敷いたトンネルが現れた。周辺に次々と砲弾が弾着する中、

戦艦サウスダコタ

トンネル内は無事だった。

「あそこだ！」

三人はトンネルに入り、そこを駆け抜けた。負傷者は戸山軍曹だったが、傷は幸いにも浅い。

トンネルを駆け抜けると、アラオザルにでることもなく、ルンガ川の西岸を走っていた。

すぐに三人は潜航艇に乗り、本宮が戸山の応急処置をしている間に、村木は潜航艇を発進させた。

海軍の砲撃により、巨人の骨の発掘現場は完全に破壊された。同時に、ルンガ飛行場の巨人たちも砲弾に切り刻まれ、発火して消滅した。

この日の夜襲で、日本軍はルンガ飛行場の一部を確かに占領した。しかし、夜が明けると、一面の死体のために、日米両軍は戦意を喪失し

空母エンタープライズ

ていた。

　現場では、一時的な休戦が日米間で成り立ち、日本軍は人体の破片が散乱する、ルンガ飛行場より撤収した。

　そのあまりの凄惨《せいさん》な光景により、日本軍が完全撤退するまでの三カ月余り、日米両軍の衝突はなかった。

　一〇月二四日、ソロモン海では後に南太平洋海戦と呼ばれる空母対空母の海戦が行われていた。

　現地時間午前三時、キンケード少将率いる第一六任務部隊の戦艦サウスダコタと空母エンタープライズは、ガダルカナル島方向から飛来した、未知の発光体の直撃を受け、大音響と共に轟沈した。

第一六任務部隊は、それを日本海軍潜水艦の仕業と判断し、周辺海域を徹底して捜索したが、潜水艦を発見することはできなかった。

ガダルカナル島から飛来した発光体の正体は、誰にもわからなかった。そして南太平洋海戦は、米海軍の一方的な撤退により、決着がつかないまま終わる。

後日、大本営陸軍部は東条英機首相の言葉として、

「ガダルカナル島将兵の精神力が、米艦隊を撃滅したのだ」

との談話を発表した。

六章　歩兵第一二四連隊

昭和一八年二月。伊号第二〇一潜水艦は、アンダマン海を航行していた。

「我が艦に、こんなものが必要とは思えんがな」

本宮武雄海軍中佐は、伊号第二〇一潜水艦に装備された花魁《おいらん》の簪《かんざし》のようなアンテナが、どうにも馴染めなかった。

哨戒直《しょうかいちょく》のために司令塔に上がる度に、不格好だなと思わずにはいられない。

「哨戒長、時間です」

村木主計大尉が司令塔を昇ってくる。通常は、兵科将校ではない主計大尉が哨戒長を務めることはない。

だが蛇魂機関の潜水艦では、強い超常的感覚の持ち主である村木主計大尉も哨戒長に就くのであった。それだけ人材がいないということでもある。

村木個人としては、狭い艦内より自由に背伸びができる哨戒直の方がありがたい。

「そんな時間か。どうだ、何か察知したか?」

「距離六〇〇〇に大型機の反応があったそうですが、すぐに途絶えました。方向と進路からすれば、敵の輸送機でしょう」

「そうか、それなりに役に立つのか。海軍工廠も無駄な装置は載せないか」

「沈んでもらっては困る潜水艦ですからね。とは言え、電波探信儀《でんぱたんしんぎ》(レーダーのこと)では、海妖の位置まではわかりませんが」

「それは我々の仕事さ。そっちはどうだ?」

「アンダマン海でも、この辺では海妖が策動《さくどう》している動きはないようです。ラングーン周辺に限っているのかもしれませんな」

「奴ら、港町が好きだからな」

そう口にした途端、本宮潜水艦長は、なぜか背筋《せすじ》が冷たくなった。

「後を頼む」

彼はそう言って艦内に降りていった。

この昭和一八年二月、日本軍はガダルカナル島から撤退し、同島は米軍基地となっていた。

大本営はそれを「転進」と称していたが、その実態は敗北であった。

当事者である方面軍や第一七軍司令部などは、飢えと病に斃《たお》れた将兵の存在と、それが自分達の判断ミスと状況認識の甘さ、さらに補給線を維持する決断と勇気の欠如《けつじょ》であることを知っていた。

だが蛇魂機関の面々は、それさえも綺麗事だという事実を知っている。

日本軍の将兵が餓えと病に斃れ、

「司令部は将兵を見捨てない」

という空手形《からてがた》を最初は信じ、後に騙《だま》されたことに呪詛《じゅそ》の念を抱いたことが、人間の負の感情を集めるための陰唆大佐の策動であったことを。

ただ、それを証明する術はない。物証もなければ、証人とて本宮機関長ら三名に過ぎない。

もちろん一般の刑事事件なら、証人が三人いれば十分だろう。しかし、陰唆機関も蛇魂機関も公式には存在しない機関であり、裁判等で訴えるわけにはいかない。被告も原告も「存在しない」では、裁判が成立しない。

よしんば裁判が成立したとしても、反魂術だの超常的感覚だのを裁判で証明し、議論することなどできはしない。

さらに決定的なのは、陰唆大佐にアリバイがあるという事実である。十月二四日のあの時、陰唆大佐はラバウルにいたという。それは複数の陸軍第一七軍司令部職員が証言していた。

じっさいには陰唆大佐が目撃されたのは、午前三時一〇分頃だというのだが、一〇分でガダルカナル島からラバウルに移動できるはずもなく、アリバイは鉄壁《てっぺき》だった。

こうしたことから陰唆大佐も陰唆機関も、相変わらず活動しているらしい。ただこの半年近くは、蛇魂機関周辺に陰唆大佐の動きはない。

蛇魂機関も調査の方向性を見直さなければならなくなっていた。

ガダルカナル島から撤収した日本兵の何人かが、巨人の骨を戦利品として持ち帰っていた。

それを分析したところ、巨人の骨は、複数の人間の骨を巧みにつなぎ合わせて作り上げた模造品であることが明らかになった。分解した骨の破片の血液型が、どれも違っていたのである。

巨人などと言う種族は存在せず、それは人間を材料として太古の技術により作られた使役動物。その使役動物を甦らせる技術が『未魂写本』に記されていた。

すべての情報が、陰唆大佐の話を裏付けていた。ただ本宮機関長は、物証と陰唆大佐の話に表立った矛盾《むじゅん》は見当たらないにしても、彼が真実を語っているとも思えなかった。

陰唆大佐のような人間が、他人に手札を晒すとは思えない。

この状況に本宮機関長は根来教授の意見も入れながら、決断する。大東亜共栄圏内の各遺跡を調査し、伝承を分類し、陰唆大佐の言う「太古の英知」の正体を探ることとなったのだ。

もちろんそこには巨人伝説も含まれている。ただ巨人とは何か、その解釈はゼロからやり直すことになる。

本宮潜水艦長には、弟のやり方は余りに迂遠に思える。じっさいそんなやり方では、戦争が終わってしまうという意見もある。だが弟は「基礎が大事だ」との立場を変えようとはしない。

だが、兄である彼には、機関長である弟の真意はわかっていた。弟は、巨人たちが戦場で何を為したかを知っている。

「太古の英知」を陰唆大佐のような人間が手にしたとき、どんな惨状が起こるかを、弟は知っているのだ。

陰唆が知っているのは知識の一部らしい。それでもガダルカナル島では、数カ月にわたり、日米両軍が戦闘を忌諱《きき》するほどの凄惨な出来事が起きたのだ。

自分達が、そうした知識を手に入れたとき、世界を滅ぼす結果にならないか？　弟はそれを恐れ、だから迂遠《うえん》に活動している。

サボタージュは言いすぎとしても、拙速《せっそく》に扱うべき知識ではない、弟はそう考えているのだ。

そして彼は実の兄にもその真意を打ち明けな

い。隠しても無駄だから、あえて打ち明けないのもあるだろう。

しかし、それ以上に、弟は、自分に打ち明けないことで、何かあった場合には、責任を機関長たる自分一人で背負うつもりでいる。

だから、兄である自分が弟に、その真意を直接確認する……ことはできなかった。

兄弟の問題なら、腹を割って話せば済むかもしれない。だが、この件に関しては話が違う。

いまは戦時下であり、蛇魂機関は東条英機直属の組織だ。その組織の長が、真意はともかくサボタージュとも取れる発言をすれば、最悪反逆罪として本宮はもちろん、蛇魂機関の職員全員が責めを負うことになる。

リーダーの責任とは、それほど重い。何十人、何百人もの人生を左右する立場だけに、真意を口にできないこともあるのだ。

だからこそ、本宮武雄海軍中佐も、本宮亨陸軍少佐にこのことについては尋ねない。これはもう兄弟の問題ではないのだ。

それでも兄として本宮武雄海軍中佐には、自分なりにできることを考えていた。それは陰唆大佐を追跡し、その馬鹿げた活動を阻止する事。

別にそれは命令違反にはならない。なぜなら自分達は大東亜共栄圏内の不可解な事象を調査しており、陰唆大佐が動き出せば、必ず何かが起こるはずだからだ。

そして、本宮武雄海軍中佐の勘は当たったらしい。南方軍経由で、ビルマ方面の海域で怪現象が起きているという情報が入ったのだ。だからいま伊号第二〇一潜水艦は、アンダマン海にいた。

「遭難したのは第三玖頭竜丸《くずりゅう》、八〇〇〇トンです」

村木主計長が発令所の海図台の上に、書類を広げる。それは何かのリストであった。

「南方軍の経理部からの電文より作成しました」

「積荷の一覧か？」

「そうです、潜艦長」

「弾薬や火砲の類が多いな」

「陸軍の主計関係は、糧食を現地で調達することで、兵站《へいたん》の負担を減らし、その分で、武器弾薬の輸送を行うようです。その辺は海軍の主計とは違います」

「まぁ、そうだろうな。それで、このリストの何が問題だ？」

「大量の香が積まれていたんです。医薬品の名目ですが。それも線香などとは異なる、ジャワ・スマトラ辺りでなければ手に入らないものです。

じっさい第三玖頭竜丸は日本から一度、スマトラを経由し、ドラム缶で石油を積み込み、ラングーンに向かうはずでした。この香もその時に積み込まれたのでしょう」

「確かに香は不自然だが……それがどういう意味を持つのか？」

「これが、呪術に使うための材料だとしたら――。私も根来教授からの俄《にわか》勉強に過ぎませんが、これは、日本の呪術ではなく、アジアで古来より行われている秘術に必要な香なのです。それがどうして陸軍の輸送船に積まれていたか、いやこう問い直しましょう、誰がそれを必要としているのか？」

「陰唆大佐か」

「それも一袋、二袋という単位ではない。トン単位です。何を目論《もくろ》んでいるにしろ、尋常な計画ではないはずです」

「しかし、船は沈んでしまった。陰唆の計画は頓挫したわけだな」

「それは、まぁ、そうなのですが」

「主計長は何が気になるのだ？」

「統計的にビルマ方面の航路帯では、船舶量が少ないこともありますが、敵潜や敵機による船舶損失は、フィリピンやジャワ・スマトラ方面に比べればずっと少ない。

しかも第三玖頭竜丸は陸軍の傭船《ようせん》で、特に航行に関する情報統制が徹底していた。英米に攻撃されて沈められるとは思えません。

何より、最後の救難通信によれば、船底が突然破れての浸水が沈没理由です。雷撃なり爆撃なら、こうした表現にはならないはず」

「主計長は、海妖が第三玖頭竜丸の船底に穴を開けて、船を沈めたというのか？」

「第三玖頭竜丸は陸軍の補助金で建造された優秀な商船です。老朽化で沈むことは考えられません。敵でもなく、気象・海象の悪化や船体の事故でもないなら、海妖以外には考えられません」

「海妖は、陰唆大佐の計画を阻止しようとしている、そう言いたいのか主計長？」

「偶然あの船を襲ったとは思えません。根来教授の話では、世界各地の伝承の中には、太古に世界を支配していた異形の者同士が争っていたという話が幾つもあるとか。

　仮に陰唆大佐の活動が、そうした異形の者を支援するか甦らせるような動きだとしたら、それと海妖が対立関係にあったとき、海妖は陰唆大佐の動きを阻止しようとするでしょう」

「だとすると、厄介だ」

　本宮武雄海軍中佐はこめかみをもんだ。いま自分達が行おうとしているのは、世界を滅ぼしかねない陰唆大佐の陰謀を阻止する事だ。

　だが、それを蛇魂機関のみで行うのは難しい。そうなると自分達が海妖と手を組むことも考えねばならない。

　しかし、そもそもそんなことは可能か？　正直、自信がない。

　彼が自信がないのは、問題が大きすぎるからばかりではない。ごく個人的な事で、心理的なことと言われればそれまでだが、彼はガダルカナル島の作戦で大事なお守りを失っていた。

　本宮兄弟にとっては、大事なお守りだった。弟はよく覚えていないらしいが、兄である彼はよく覚えている。

　近所に見慣れない浮浪者《ふろうしゃ》が、本宮の家に現れたのだ。浮浪者は見慣れないだけでなく、何やら神経の病気も患っていたらしい。手足を動かすのに慣れていないかのような、不自然な動きであった。

　それでもその浮浪者は本宮の家の門を叩いた。

　その日は、両親は何かの用事でいなかった。

当時、六歳だった本宮武雄は、その浮浪者に請われるまま、飯を施した。

浮浪者はたいそう感謝して、彼ら二人に星の刻印が施された翡翠《ひすい》のような石を渡したのだ。これは護符であり、二人を魔から守ってくれると。そしてこのことは誰にも言ってはいけないと。

幼い頃は、護符の意味もわからず、ただ綺麗な石なので宝物にしていた。ただそれが自分達を守っていると確信できた出来事があった。

それは彼らが溺れ、一度は死亡したのに、蘇生した時の事だ。本宮の記憶では、自分は深海に沈み込もうとしていた。

ただ周囲が暗い中で、沈むに身を任せていた。そのとき、頭上に明るい光が見えた。その光に向かわねばならないと思い、必死で泳いで、その光を捕まえた。

それが、その護符の石だった。海に落ちた時、ポケットからこぼれたのだ。二人は石のことを親にさえ秘密にしていたが、蘇生してからは、それまで以上に大事にした。

魔を近づけさせないからか、もともと魔などいないのか。ともかく蘇生してからの二人は順調に成長した。

兄が海軍兵学校に、弟が陸軍士官学校に合格できたのも、二人は石のおかげとさえ思っていた。

だが、その護符は、今はない。

最初は、弟がガダルカナル島でトゥチョ＝トゥチョ人に追われている時に結界を破るために使った。

本宮武雄海軍中佐は、それを聞いて、自分の護符を弟に渡した。弟が危険な目に遭うような予感が働いたからだ。

弟は当然拒《こば》んだが、そこは兄の権威《けんい》で押しきった。そして事実、陰唆大佐の罠《わな》にかかった弟は、護符のおかげで生還できた。

弟は危機を脱した。そして二つあった護符は、どちらも失われた。今、兄弟のどちらにも護符はない。

本宮武雄海軍中佐の人生の中で、護符がどこにもない生活というのは、気がつけばそれははじめてのことだ。

そういう状況で、いま難しい任務に就こうとしている。ここから先は護符の加護のない、自分の実力の世界だ。それを試されることが、彼には不安だったのだ。それでも自分は海妖と向き合わねばならぬ。

いままでの理屈は「敵の敵は味方」という前提だが、「敵の敵はやはり敵」かもしれないのだ。そうでなくても自分達は海妖を退治してきた。彼らに知能があったとしても、共闘などできる相手かどうかもわからない。

——できる

それは本宮潜水艦長の頭の中だけで聞こえたものではないらしい。村木主計長や他の乗員達も互いに顔を見合わせる。

——かえるときだ

それは、どういう意味だ、と本宮潜水艦長が思ったとき、伊号潜水艦が急に揺れはじめた。

そしてトリムタンクに「外から」何かする音が

する。それも一つ二つではない。何十という音だ。

「全タンク、ブロー！」

本宮潜水艦長はトリムタンクの排水を命じる。このまま潜航することはまずいと感じたからだ。

「駄目です！　ブローできません！　ベント弁が動きません！」

それと同時に、艦外に空気が漏れる激しい泡の音。排水のための圧搾《あっさく》空気が漏れている。

「急激に深度が下がってます！」

それが人為《じんい》的な作業であることは、本宮潜水艦長にはすぐに理解できた。事故なら艦はバランスを失い急激に傾斜するはず。

だが伊号第二〇一潜水艦は、水平を維持しながら海底へと向かっている。

「航海長、この辺の水深は？」

「三〇〇メートル前後だと思います」

「辛うじて圧壊は免れるか」

そうして伊号潜水艦は、海底に水平を維持したまま着底する。

空気タンクが破壊されたのか、予備の空気はほとんどゼロを示している。このまま数時間で、自分達は窒息《ちっそく》だ。

その時、伝声管から激しい海水の流れる音と、悲鳴が流れる。

「前部発射管室に海妖が侵入！　発射管から……」

報告はそこで終わる。隔壁閉鎖を命じようとしたとき、艦内の照明が消えた。そして大量の海水が発令所に降ってくる。司令塔のハッチが開かれ、海妖が海水ごと落下してきた。

海妖は両手で本宮武雄海軍中佐の頭をつかんだ。彼ははじめて海妖の顔を正面から間近に見た。

その両眼は、化け物のそれではなく、明らかに知性を宿していた。そして海妖の言葉が、本宮の頭に響いた。

――むすこよ
本宮武雄海軍中佐は、海軍に奉職してはじめて、海妖に嫌悪感ではなく、懐かしさと情愛を感じていた。

「礼などはいい」

執務室で、東条英機首相は書類から顔も上げずに本宮少佐にそう言った。

「貴殿の兄上は、帝国軍人の鑑だ。真の愛国者と言って良いだろう。そうした人物には、相応の礼をもってすべきだ。それだけのことだ」

「ありがとうございます」

本宮少佐は兄の葬儀に弔電《ちょうでん》と香典《こうでん》や花輪を送ってきた東条英機首相に再度、礼を述べる。話に聞けば、遭難した伊号第二〇一潜水艦の乗員達すべてに東条英機首相は同様のことをしたらしい。

また戦死者への一時金や年金の手続きも、首相の命令として処理したとも聞いた。本宮の義姉も、そうした処遇に感謝していたのを彼は知っている。

だが同時に、そうした手続きが首相命令で行われた理由もまた、彼は知っていた。それは蛇魂機関創設時にはまったく気がつかないことであり、それは東条英機首相も同様だったようだ。

それは蛇魂機関の人間は、建前では軍に所属していることになっているが、書類上はそのような組織は存在していない。あくまでも東条英機の個人的な組織なのだ。つまり公的には存在を認められていない。

だから任務中に死んでも靖国《やすくに》神社には祭られない。戦死者を祭るのが靖国神社だからだ。彼らは戦死しても英霊《えいれい》になることは許されない。

ガダルカナル島での佐藤少尉は、第一七軍に所属していたのでまだしもだが、今回の潜高型の場合は、どうにもならなかった。陸軍組織に編入された海軍組織という形が、なおさら問題を複雑にしていたのだ。

決定的なのは、本宮武雄海軍中佐がビルマ方面で活動していることを、機関長の本宮少佐にさえ黙っていたことだ。

ラングーンから海軍に潜水艦の到着がないことから問い合わせがあり、そこから面倒な手順をたぐって、真相が本宮少佐まで届いたのである。

ただ彼には、その報告に意外の念は覚えなかった。兄が海中で遭難したらしいことは、感覚でわかっていた。それがアンダマン海の海中であることも。

他人に話して通じるものではない。だから彼の胸の中だけで収めていた。だから兄の葬儀は、誰よりも早く、弟の彼が自分の胸の中ですでに済ませていたのであった。

「陰唆大佐には手を出すな」

相変わらず本宮少佐に視線を向けず、東条はあくまでも書類に向かう。

「どういうことでしょうか、閣下？」

「言葉通りだ。陰唆は陰唆なりに、帝国のために働いている。君が帝国のために働いてるようにな。

兄上のことは気の毒に思う。しかし、それも彼が陰唆大佐の行動を嗅ぎ回っていたためでもある。遭難は陰唆大佐のせいではないにせよ、余計なことをしなければ、乗員もろとも殉職《じゅんしょく》することもなかったのだ。

誤解せんでもらいたいが、自分は君の兄上を非難しているわけではない。ただ、陰唆のことにかかわり、君にまで殉職するような目には遭って欲しくないだけだ。わかるか？」

本宮少佐は東条の言葉に、何とも言えぬ悪寒《おかん》が走った。彼は直感したのだ。東条英機首相は陰唆大佐の正体を知っていると。あの男がまともな人間ではないことを。

そんな本宮の心を読んだかのように、東条は言う。

「陰唆が何者であるのか？　人間なのか、あるいは人間などではないのか？　そんなことは帝国の利益の前にはどうでもいいのだ。

大事なことはただ一つ。あの男は、勝利のためなら手段を選ばない。必要なら勝利のために国を滅ぼしても構わないと思っている節《ふし》さえある。それでも帝国にはあの男が必要だ。あの男は役に立つ。役に立つ男なら奴の正体など些細《ささい》なことだ」

これが一国の指導者と言うものなのか。東条英機は人間だろう。しかし、この日本の最高指導者は、戦争に勝つためには、化け物に権限を与えることさえ躊躇しない。

本宮少佐は、この時、化け物よりも人間の冷酷さに恐怖を覚えた。

そんな本宮少佐に東条英機は面白そうに告げる。

「陰唆大佐、そう、あれは化け物なのだよ」

東条首相が、「文字通り」の一言を省略したのが本宮にもわかった。

「化け物を放置するのが正しいことでしょうか?」

「戦争に負けることは正しいことか?」

そして、東条首相は言う。

「君は、君の持ち場に戻りたまえ」

本宮少佐は一礼し、東条の前を辞去した。


「停車!」

一台の一九三九年型フォードトラックが山道で停車する。

「ここはどこだ?」

荷台の最前列中央に座っていた調査班の班長が立ち上がる。

「おい、迷ったんじゃないか?」

経理部将校の班長が運転席に怒鳴る。運転席には運転手と助手が座っているが、助手が一生懸命、地図をひっくり返している点で、班長は状況を察した。

「どこかで曲がるところを間違えたんだと思います」

自動車隊の運転手は、運転席から降りて頭をかく。

「たぶん最初の二股を右に進めば、本隊に追いつけたのではないかと……」

「かもしれねぇな」

トラックがパンクし、それを修理している間に本隊の車列に遅れてしまった。それに追いつこうとしているときに二股にでたが、左に進めと命じたのが班長だった。

つまり道を間違えた原因は、彼が道を間違えたからだ。

「どうします？　班長？」

「どうしますって、引き返すしかないだろうが」

「反転できるだけの道幅はありませんが」

「だから、とりあえずこのまま進んで、反転できる場所で引き返すんだよ」

「了解しました。班長、ちょっと発動機の調子をみていいですか？」

「仕方ないな、小休止！」

昭和一八年三月。ガダルカナル島から撤退した歩兵第一二四連隊は、タイ領内にあった歩兵第五八連隊および歩兵第一三八連隊に、山砲兵連隊や工兵連隊と共に歩兵第三一師団として再編された。

翌四月の時点でも、連隊はガダルカナル島での傷を癒《い》やすべく部隊の再編に努めていた。

そうした中で、第三一輜重連隊と第三一師団経理部は、タイ・ビルマ国境付近に調査隊を派遣していた。

それは同師団がビルマ方面に移動するという内示があったためだ。その移動のための兵站補給について調査するためである。

バンコクからマラッカ海峡経由でラングーンに入るのが、ルートとしてはもっとも常識的なところだろう。

しかし、そうもいかない事情があった。船舶不足である。

昭和一八年にはいり、潜水艦などにより沈没船舶が急増――これは海軍が官尊民卑の考えから、脆弱な商船暗号を放置していたため、米海軍潜水艦が商船の運航をほぼ把握していたことが大きかった。潜水艦の数では、この時期の日米の差はそれほど大きくない――したため、南方からの資源輸送も、日本からの機材や部隊輸送も窮屈になっていた。

アンダマン海方面での船舶被害は少ないにしても、他の戦域での損失が多ければ、遠距離のため、どうしても回転率が悪化する。結果としてビルマ方面で手配できる船舶は減ってくる。

このため師団は陸路で移動することとなっていた。となると、経理部や輜重連隊の負担は重くなる。

部隊の行軍路を調査するだけでなく、そこにどうやって必要物資を手配するかという問題が生じる。

輜重部隊の場合、本隊の行軍よりも先に野戦補倉庫やら糧秣《りょうまつ》交付所やらを設定しなければならない。

大抵は野戦倉庫や糧秣交付所は行軍針路上にある村や町を用いるが、使用できる建物の調査や、可能なら現地の行政当局に協力を要請するなり、軍票を手配するなりしなければならない。

これらの計画作成と現場での設定だけでも大変な作業だ。

話はこれだけで終わらない。船舶不足ともかかわるが、日本からビルマ方面への船舶輸送量は細い。

その細い輸送量の中では、どうしても食料より武器弾薬が優先される。勢い兵站補給の負担を減少させるためには、糧食は可能な限り現地で調達することになる。

満州や華北辺りの、日本軍も情報があり、商業が発達している地域なら、地元の業者に委託して、物資を調達することができる。

しかし、占領地となるとそうもいかない。どこに、何が、どれだけ供給可能か？　それを調査して不足分の手配などの作業がいる。

そういう調査を行い、地元の業者や有力者の協力が仰げるかどうかの見極めも必要だ。そういう地道な作業の末に、定量的な補給見積もりが出来上がり、関係方面への手配となる。

世間のイメージとは裏腹に、現地調達を円滑に行うには、知識と経験をもった経理部将校が不可欠であり、大変な労力が必要なのである。

だからトラックが足りない、軍馬が足りないというような話などは、最後の最後の話であり、話をそこに落とし込むまでが一苦労なのであった。

第三一師団の調査隊も貴重なトラックとガソリンを消費しながら、各地を調査していた。頭が痛いのは、タイ領内はまだしも、ビルマ方面に入ってからだった。

物流網が発達していないために、現地調達が難しい。タイからビルマに越境しようとすれば、険しい山脈を走破する必要があるが、そこは食料等が非常に乏《とぼ》しい土地だった。

しかも、タイもビルマも工業など無いに等しい土地であり、自動車等の調達はまず期待できない。何をどうしても、大変な苦労が彼らを待ち受けていたのであった。

こんなわけで調査隊の面々も、連日の激務に疲弊していたのであった。道を間違えることも起きてしまうのだ。

「停車！」

トラックは停まる。あれから数キロ前進したが、山道は細くなるだけで、反転できるような広場もない。そしてついに道もなくなった。

「どうにもならんな！」

班長は悪態を吐く。進退窮まった。

「時間はかかりますが、後進しながら引き返すしかないんじゃ？」

「燃料は大丈夫なのか？」

「積荷の燃料を使わせてもらえば、本隊に追いつくくらい簡単です」

「貴重なガソリンを……あぁ、仕方ないな」

だが、一人の兵士が報告する。

「班長、あれは、車輛の通過跡では！」

その言葉に、トラックの兵士たちは、「降車」の命令も待たずに降り立つ。悲しいが、規律の弛緩《しかん》は随所に見え始めていた。

「これはなんだ？　履帯《りたい》だな」

「班長、豆戦車では？」

「豆戦車って、軽装甲車のことか。確かにあれは物資輸送にも使えるがな」

彼らの言う豆戦車とは九四式軽装甲車のことだ。前線に弾薬などを輸送する目的で開発が始まったが、歩兵が扱える軽便な装甲戦闘車両と言うことで、本来の用途よりも戦闘車両として用いられることが多かった。

確かにあれなら履帯であるから、こうした悪路でも行動できるだろう。しかし。

「こいつ、どこから来て、どこに行った？」

「道を間違えて、後進して戻ったのでは？」

運転手は、しれっとそう言った。班長は、むっとしたがそれには取り合わず、こう命じた。

「運転手と助手はここに残って車輛の整備。他は自分と前進！　豆戦車があるなら、抜け道もあるはずだ！」

こうして一〇人ほどの輜重科と経理部の兵士たちが前進する。

銃を持っているのは輜重兵だけで、経理部の人間は持っていない。

輜重兵も昔は、武装していなかったが、支那事変が泥沼化するに伴い、敵兵から兵站補給を担う輜重兵が襲撃されるので、武装するようになったのだ。

とはいえ、武装といっても三八式歩兵銃であり、手榴弾もない。一〇人に小銃は四丁だから、行軍は経理が輜重兵に前後から挟まれる形となった。

班長は経理部下士官なので、輜重兵二人のすぐ後ろを歩く。

どれほど歩いたかはわからない。班長と他の兵士の腕時計は、なぜかバラバラの時間を指していた。

そして時計の持ち主の主観と時計の示す時間も合っていない。班長はすでに五時間は歩いていると思っていたが、時計は一〇分しか進んでいなかった。

止まっているか、秒針の進みが遅いのではないかと時計を耳に当ててみるが、時計は正常に働いている。

「班長、工事現場です！」

先頭を行く輜重兵が叫ぶ。彼が示す方向には、鉄道工事らしい作業風景があった。

「鉄道工事だと……」

「どうしました、班長？」

「あれは、たぶん泰緬鉄道の工事だ」

「ご存じなんですか？」

「噂は聞いている。タイからビルマまでを結ぶ鉄道だ」

「えっ、そんな鉄道があるなら、自分達が苦労して、調査をしなくても……」

「完成が来年の秋なんだよ。師団の移動には間に合わんのだ。しかし、おかしい」

「おかしいって、何が？」

「こんな場所で工事はしていないはずだ。まぁ、自分が知らないだけかもしれないがな」

彼らは比較的高台にいて、工事現場はその下の平坦地で進められていた。ここら辺は山岳地帯なので、こんな平坦地があること自体が班長には意外だった。

部下たちはすぐに降りていこうとしたが、班長には躊躇いがあった。工事現場の様子が何かおかしい。

「ありゃ、捕虜じゃないか！」

違和感の一つは、作業をしている人員の何割かがイギリスの軍服を着用していることだった。

それもかなりボロボロの軍服で日本兵と作業しているが、どう見ても捕虜だ。しかし、捕虜を強制労働させてはならないのは、戦時国際法で定められていること。

「なんか、厄介な場所に来ちまったか」

捕虜に対するこうした処遇を、ここの管理者は隠しておるのか無頓着《むとんちゃく》なのかは、わからない。ただこの事実を他所に知られれば、大きな問題となるのは間違いない。

管理者が外部にこうした事実が露呈《ろてい》することを望まないならば、事実を知った自分達もそれなりに対応しなければ、下手すればここから生きてはでられないこともあり得る。

「何も見ませんでした」それが模範的な解答だろう。

いずれにせよ、ここにいても始まらない。彼らは前進することにした。

「班長、奴ら何してるんでしょう。鉄道の敷設工事とも違うようですけど」

「そのようだな……」

鉄道や引き込み線が敷設されているので、鉄道工事か、駅舎の工事と思っていたが、どうもそれが主たる工事ではないらしい。

彼らは線路の上に大きな無蓋《むがい》貨車をおいて、その上で何かを製造しているようだ。

「鉄道連隊か？」

「何がです、班長」

「自分が間違っていなければ、あれは列車砲だ。しかし、日本にあんな列車砲があったのか？あれは九〇式二四センチ列車砲よりでかいぞ」

たしかにその建造中の列車砲の主砲は、銭湯《せんとう》の煙突《えんとつ》ほどもあるように見えた。彼は砲兵ではなかったが、あの主砲が異常であるくらいはわかる。

「新兵器でしょうか？」

「なら、なおさら厄介だ。軍機の現場に迷い込んだことになるんだぞ」

不思議なことに、日本兵とは言え、一〇人もの部外者が山から下りてきたのに、誰も彼らを止めようとはしなかった。

よく見れば当然いるはずの歩哨もいない。人跡未踏《じんせきみとう》の山奥だから不要だとでも判断されたのか。

「おい、ちょっと！」

班長は近くを通りがかった下士官に声をかけるが無視される。

「おい、ちょっと待て」

その下士官に手を掛けかけて、班長は動きを止めた。眼窩から、ハエのような虫が飛び出したからだ。下士官は死んでいた。

死んで腐って、虫が啄《ついば》んでいたが、立って歩いて作業をしている。

「こ、ここはなんだ！　冥土《めいど》か、賽《さい》の河原《かわら》か何かか！」

よく見れば、そこに生きている人間は一人もいない。日本兵も、捕虜も、現地人も、みんな動いている。

腐りかけていながら動けるのは、骨に小さな穴が開けられ、紐《ひも》で結合されているためらしい。

気がつけば調査班の周囲はすべて死体に囲まれている。ただその死体は生きてはいないが動いている。

動いているだけでなく、列車砲を緩慢《かんまん》な動きながらも作っている。巨大な鉄の部材を組み、体操のように動く死体の群《むれ》が山になって支える。

時には一番下の死体が重さのために崩れ、潰されるが、すぐに代わりの死体が入り込む。血と臓物を地面にぶちまけながら、そうして鉄の部材は巨大な列車砲に組み込まれて行く。

班長は辛うじて吐き気を堪えたものの、部下たちは激しく嘔吐していた。

「貴様らはどこから来たのか！」

突然、調査班を何者かが一喝《いっかつ》する。見ればそこには陸軍大佐がいる。彼は少なくとも死んではいない。生きている。

「大佐殿！」

班長にとっては、その歩兵科の大佐は、まさに地獄に仏だった。亡者の群の中に、自分より階級の高い、生きている人間がいたのだから。

「自分達は歩兵第三一師団の経理部と主計科のものであります！　部隊がビルマに移動するにあたり、現地調達の調査を行っていたであります」

「そんな重大な調査を貴様ら一〇人で行っていたというのか？」

「自分達は、本隊とはぐれてしまったであります」

「つまり脱走兵か」

大佐の目が、冷たく調査班の面々を舐《な》め回す。

「大佐殿！　脱走ではありません！　自分達は車輌の故障を修理していたために、本隊に遅れをとっただけであります！」

「貴様らがここにいることを本隊は知らないのだな？」

「知らないであります！」

そこで大佐の表情が、急に温和に変わった。

「そうか、それは好都合だ。まぁ、わかってはいたがな」

「わかっていたと、申しますと？」

「そんなことは貴様が知る必要はない！」

「失礼しました！」

「この一〇人のうち、経理部は何人だ？」

「自分の他に五名の計六名であります」

「経理と言うからには、計算は得意か？」

それは微妙な質問だ。階級が上の人間には、妙な質問で絡んでくる奴もいる。計算は得意と言えば、傲慢《ごうまん》とか生意気《なまいき》と言われる。では、不得意ですと言われれば、それはそれで怠慢《たいまん》と糾弾される。

「業務で失敗したことはありません！」

班長は、そう無難《ぶなん》に返した。どうやら合格らしく、大佐は笑顔だ。

「よろしい。ならば君たち六人には、ここで重要な役割を担ってもらおう」

「大佐殿！　自分達は原隊に戻らねば……」

「戻る必要はない。貴様らの原隊には私から話をつけておく」

「話をつけておく……といいますと」

「名誉の戦死を遂げられました、とな」

班長と部下が動くよりも早く、どこから現れたのか、二体の白い巨人が、班長らをつかみ上げ、背中の籠《かご》に押し込める。

「そこの四人は、死人傀儡《しびとくぐつ》にする。そろそろ新鮮な死体が必要だ」

小銃を持った輜重兵たちは、自分らに向かってくる二体の白い巨人に向かって発砲するが、弾は当たらないし、当たっても巨人たちは気にもしない。

「首を抜くな、反魂が面倒になる！」

巨人たちは捕まえた兵士の首の骨を折るだけにした。それを籠の中で見ていた経理部の兵士たちは、あまりのことに失禁《しっきん》さえしていた。

「心配するな、お前たちは殺さない。列車砲の照準計算に計算が得意な新鮮な脳が必要だからな。お前たちは、あの列車砲の部品として生きるんだ」

二体の巨人は経理部の兵士たちを籠に入れたまま、ゆっくりと建設中の列車砲へと歩いて行った。

七章　泰緬《たいめん》鉄道

昭和一九年一月・ビルマ某所。

その木橋《もくきょう》は、泰緬鉄道の一部をなしている重要な橋であった。その橋の手前には引き込み線が設けられていた。

その引き込み線に、二両編制の装甲列車が待機していた。

タイはかつては標準軌で鉄道を敷設していたが、マレー半島との連絡線をイギリス資本で建設したために、そこは狭軌《メーターゲージ》が敷設されていた。

しかし、国内に二つの異なる規格が混在するのは不可能なため、タイ国内は狭軌で鉄道ゲージを統一していた。

それもあって、泰緬鉄道もまた狭軌で建設されていた。工期や予算的にも、そちらの方が有利である。

また、泰緬鉄道の帰属が日本なのかタイ国にあるのかという問題も、このゲージ設定には関わっていた。

この装甲列車が小型なのも、少なからずゲージの影響を受けている。重武装の装甲列車では、狭軌だと重心が上がって脱線しやすくなる。

このため武装もほどほどにする必要があった。

この小型装甲列車も、小銃や軽機関銃用の銃眼こそあるものの、主武装は二〇ミリ連装機関砲一門である。

これが機銃車で、それをディーゼルエンジンの動力車が牽引《けんいん》する。

この装甲列車の役割は、敵機から木橋を守る

ことにあった。しかし、それだけではなく、軍用列車が通行する時には、事前にパトロールを行い、線路の安全を確認すると言う意味もあった。

装甲列車の割りには火力が貧弱にも思えるが、二〇ミリ機銃も相手がゲリラなら恐るべき火力となる。

いま、その装甲列車の機銃が空を向いた。装甲列車の回転砲塔の二〇ミリ機銃が、接近する五機の爆撃機に銃弾を浴びせるべく、照門がその姿を捕らえる。

一方で、近くの塹壕には、軽機関銃を持った将兵が対空戦闘準備のために待機していた。

軽機で敵機を撃墜するなど、確率的にはほとんど期待できない。しかし、撃墜できなくともいいのだ。敵の照準を牽制《けんせい》でき、爆弾を外させることができれば、それでいい。

爆撃機も、木橋に対空機銃が待機しているとは思わなかったのか、必要以上に接近する事無く、爆弾を投下していった。

爆弾はそれでも木橋近くに次々と落下した。照準器はそれなりに高性能なのだろう。

ただ、やはり木橋には一発も命中はせず、周辺の河原に弾着した。

「損傷を確認せよ！　特に橋脚に注意せよ！」

装甲列車の車長が命じる。鉄道の保線も彼らの重要な任務だ。と言うより、対空戦闘は従で、保線管理こそ、この装甲列車の主要な業務だ。

「車長、橋脚付近に死体があります！」

「死体⁉　誰か負傷者か！」

「違います！　これはイギリス兵です！」

「イギリス兵だと！」

すぐに増援が呼ばれ、その周辺が掘り起こされる。そこには推定で一〇〇体以上のイギリス兵の死体が捨てられていた。

そう――それは、捨てられているとしか言えない状況だった。

「陰唆に近寄るなって言ったのは、東条閣下ですよね、機関長」

現場に移動中の乗用車の中で、戸山軍曹は不満そうにハンドルを握る。

「嫌味《いやみ》を言うな。閣下とて、好きで陰唆大佐の自由にさせているわけじゃない。帝国のためだ」

「つまりは使えるうちは利用しようってことじゃないですか」

「それが総力戦というものだ」

「我々もそうなんですかね。羊頭狗肉《ようとうくにく》でしたっけ？」

「貴様が言いたいのは、狡兎死《こうと》して走狗《そうく》煮らるのことか？」

「そっちそっち。で、どうなんでしょう？」

「自分らは何のために働いているんだ？　他人のためか、自分のためか？」

「さぁ、あんまり考えたことはないですけど」

「煮られてしまうとしたら、所詮、自分はその程度だったたってことだ」

「なんか、自分は、そこまで達観できそうにありやせんや」

そして本宮は言う。

「陰唆の件については、狡兎死して走狗煮らるじゃない。閣下も奴の危険性はわかっている、それだけのことだ」

「危険なのは確かですな。わかってるだけで一〇〇人ですからね」

「発見されたのは捕虜だ。しかし、それだけでは済むまい。戦場に死体はつきものだ」

第二次世界大戦が勃発した昭和一四年九月、赤十字国際委員会は中央捕虜情報局を設置した。紛争当事国に発生した捕虜問題に対応するためである。

太平洋戦争がはじまると、昭和一六年一二月二七日に赤十字国際委員会からの働きかけにより陸軍省に「俘虜《ふりょ》情報局」が設置され、ここが捕虜の問題を扱うことになる。

ちなみにこれが太平洋戦争後に置かれたのは、それ以前の日中間の戦争状態は、法的には事変であって、戦争ではないためだ。

この俘虜情報局は、赤十字を介してアメリカをはじめとする捕虜となった連合国将兵の連絡をおこなった。

また赤十字国際委員会は横浜在住の医師フリッツ・パラヴィチーニ博士を赤十字国際委員会駐日代表者とし、日本代表部を設置、捕虜に関する調査などを行うこととなる。

ただ日本国内ならまだしも、占領地では博士やそのスタッフでは対応しきれず、各地のスイス領事館などを頼らざるを得ないことも多かった。

じつはタイ・マレー方面にかけて、昭和一八年半ばから日本軍より報告される捕虜の数と、赤十字日本代表部の調査した捕虜の数に食い違いが生じ始めていた。

最初は一〇〇、二〇〇という数字であったが、それは急激に拡大し、最新の数字では約七〇〇〇名もの誤差があった。

このことは戦時下とは言え、国際間の外交問題となっていた。日本の俘虜情報局も重い腰をあげて調査を行った。

そこでわかったのは、泰緬鉄道の建設作業に、イギリス兵やオーストラリア兵が従事させられていたという事実である。

それは国際法違反であったが、現場部隊としては工期内完成を厳命されていたために、捕虜に頼らねばならなかったのだ。

じつを言えば俘虜情報局も、そうしたことは薄々察してはいたが、表だった問題にはしてこなかった事情がある。

だが話はここからおかしくなっていく。捕虜を労働力に活用していたとしても、そこに捕虜がいる限り、数が合わないということはない。

ところが確認できた捕虜の数と、報告された捕虜の数にやはり七〇〇〇名近い相違がある。

泰緬鉄道の最大の難所を担当した第一三鉄道連隊の担当区が、誤差の最大の原因であることだけはわかった。

だが泰緬鉄道が完成した後、この鉄道連隊は解隊したという。そして彼らがもっとも大量に、捕虜を労働力として難工事に投入したらしいことはわかった。

だがそれ以上のことは不明だ。理由は、解隊してからの、連隊の将兵の行方が十数人しかわからず、しかも彼らは司令部要員で、現場についてはまったく把握していなかったこと。

現場を直接管理していたのが連隊長の陰唆大佐であったが、彼の活動に関して大本営より、調査中止が命じられたのである。

調査により、辛うじて陰唆大佐と第一三鉄道連隊が、泰緬鉄道の延長工事に関わっているらしいことはわかったが、それ以上の調査に対して、大本営が中止を命じたのであった。

「大本営陸軍部の責任において、陰唆大佐からは然るべき回答をするように伝えておく」

そして陰唆大佐からの報告書は確かに俘虜情

報局に届いた。その内容は、集団脱走により行方不明であり、ジャングルでの逃亡中に死亡したと思われるという、木で鼻を括ったようなものであった。

俘虜情報局も赤十字日本代表部も、これ以上この問題に踏み込めなかった。また赤十字中央捕虜情報局も事態を遺憾としながらも、深く追及することはなかった。

問題を大きくすることで、日本国内にいる捕虜に報復されることを恐れたのだ。

こうした問題が起きているときに、泰緬鉄道の木橋付近から、イギリス兵の死体が見つかったのである。

そこは問題の第一三鉄道連隊の担当区間であった。故にその一〇〇人は、行方不明の七〇〇〇人の一部と思われた。

ただ東条首相はどういう思惑からか、この件の調査を表立っては打ちきったものの、密かに本宮ら蛇魂機関に命じてきた。

「陰唆の裏をかけるとしたら、君らだろう」

東条の言葉に、本宮は、陰唆大佐粛正の意図を読み取った。さすがにそれは部下にも口にしなかったが。

死体はビルマで発見されたため、南方軍が管轄していた。

とは言え、腐敗の激しい遺体を放置はできず、それらは改めて埋葬《まいそう》されていたが、遺留品と遺体の写真は残されていた。幾つかはすでに白骨化していた。

「軍曹、見てみろ」

本宮は写真を示す。彼らを案内していた軍医が、その写真を見て顔をしかめた。

「あぁ、それですか。白骨化した死体のすべてに見られます。おそらく死体すべてにあると思いますが、埋葬が優先で確認してはおりません」

「でしょうな」

「捕虜虐待の証拠ともなり得ますので」

その写真は、関節部分に紐でも通すような穴が開けてあった。

「この穴は死んでから開けられたものですか？」

「調べたのは比較的状態が良好な一体だけですが、穴の物理的な状況から、死後開けられたものです。

生きている間に開けられたものであれば、骨組織の再生が見られたはずですが、それはありません。

しかし、一〇〇体もの死体を損壊《そんかい》できる人間の神経が理解できません」

「先生、理解できないのが正常な人間です」

知りたいことを確認し、二人は自動車に戻る。

「陰唆の反魂術ですか、機関長？」

「間違いなく、そうだろう。問題は、どうやって一〇〇体、下手をするとそれ以上の反魂術を行ったかだ」

「一度に一〇人、二〇人と術を施したんでしょうか？」

「たぶん、そんなところだ。そうでもしなければ、これだけの数はこなせんだろう」

そう言いながらも、本宮はこの現実に不気味さを覚えていた。陰唆大佐は本当に、一度に一〇人、二〇人と反魂術を行ったのか？　そんなことが人間に可能なのか？　技術としてだけでなく、正常な精神の持ち主にできるのかどうかという点も含めて。

あるいは陰唆大佐の恐ろしさとは、彼の術の能力よりも、死体を平気で物として扱える、極端な非人間性にあるのではないか。

「ある意味、奴は、正真正銘、化け物だな」

「これを報告すれば、奴は東条閣下に罷免《ひめん》されてお終《しま》いですね」

「いや、そうはならんだろう」

「罷免されないですって？　機関長、奴はこんな真似をしでかしたんですぜ」

「まず、これを陰唆がやったというのは状況証拠でしかない。物証はないんだ。

それに、陰唆がやったことが人道上大いに問題はあるとしても、奴は泰緬鉄道のもっとも困難な箇所を工事し、期日までに鉄道を完成させてしまった。

閣下としても、簡単に罷免はできまい。罷免となれば、話は南方軍全体の責任問題になりかねん」

「そんなの、ありなんですか？」

「戦時下で、辺境で、軍隊だ、ありえるさ。お行儀のいい戦争なんか、誰もやっちゃいない」

「なら、機関長はこのまま引き下がるんで？」

「引き下がりはしない。大人しくしているつもりでも、陰唆がやったことは常軌を逸《いっ》している。

奴はいま、何か密《ひそ》かに企《くわだ》てているはずだ。おそらく東条閣下もそれに気がついて、我々に命令を降したのだ」

「企てるとして、どこでです？」

「噂を信じるなら、第一三鉄道連隊はビルマに移動したそうだ。それが正しいなら、奴がことを起こすのはビルマ方面だ」


「この戦争、閣下の手で終わらせねば、誰の手で終わらせるというのですか？」

大本営から第一五軍へ作戦指導に派遣されてきたという陰唆大佐は、牟田口廉也《むたぐちれんや》中将にそう迫った。

そこは司令官の執務室で、陰唆大佐以外は人払いをしていた。

「戦争とは一人の人間の手で幕引きできるようなものではあるまい」

牟田口司令官はそう反論してみるが、陰唆大佐は引かなかった。

「戦争が一人の人間により始められるのであれば、終戦もまた一人の人間で可能なのではありませんか」

「な、なんだと、貴様！」

牟田口司令官は思わず立ち上がりかけたが、陰唆大佐に気圧され、再び椅子に腰を沈めた。

「支那駐屯《ちゅうとん》歩兵第一連隊の連隊長だった頃、閣下は盧溝橋《ろこうきょう》事件の当事者であらせられた。あの時の一発の銃弾が、支那事変となり、さらに大東亜戦争となった。

僭越《せんえつ》ながら、自分は閣下の胸中を思うと、その無念さに断腸《だんちょう》の思いを禁じ得ません」

「貴様に儂の何がわかるというのだ！」

「わかります。自分の初動《しょどう》の誤りから、帝国をはじめとする大東亜をも巻き込む大戦争を引き起こし、幾万ものアジア同朋の命を奪うに至ったこと。

その事実に閣下が、いかに辛い想いをなさっているか、この自分にはわかります」

「うるさい！」

牟田口司令官は思わず、近くにあった拳銃を陰唆大佐に向ける。

「貴様、黙らんか！」

「私を撃てば、閣下はご自身の手で大東亜戦争を終結させられるチャンスを、自らの手で潰すことになるのですぞ！」

「これだけの大戦争を、どうやっていまさら儂の力で終わらせられるというのか！　できるのか、できるわけがなかろう」

牟田口司令官は、力なく机の上に拳銃を放り出す。

陰唆大佐の指摘は、図星《ずぼし》だった。あの盧溝橋事件の時から、牟田口中将は心から安らかな眠りについたことがなかった。

それでも最初の頃はまだ良かった。南京《なんきん》が陥《かん》落《らく》したときは、それで一連の地域紛争は終わると信じる事ができた。

だが、現実には南京陥落で支那事変は終わらない。それどころか、拡大の一途《いっと》を辿《たど》る。

昭和一六年末の時点で、日本陸軍の師団数は支那事変前の三倍に増大していた。それにともない、日米関係や他の欧米諸国との関係もあった。

そして大東亜戦争の開戦に至る。牟田口廉也にとっていたたまれなかったことは、自分が事変・戦争の拡大に合わせて出世していったことだ。

事変当時は連隊長で大佐、それが大東亜戦争開戦の時点では第一八師団の師団長で中将である。

出世は悪いことではないはずだ。戦争で昇進し、出世することを喜ぶ人間もいる。牟田口として、それが他人事なら、嫉妬《しっと》しても気に病《や》みはしない。

だが自分の事となれば話は別だ。自分が引き起こした戦争で、自分が出世する。その事実に耐えられるほど、牟田口という人間は強くはなかった。

にもかかわらず、運命に出世の階段を登らせる。いまは階級こそ中将のままだが、第一五軍の司令官だ。

そんな自分に向けられる周囲の目。これだけの戦争を引き起こしながら、さしたる戦果も上げぬまま自己の出世だけを目指す男。そういう国内外の視線が、牟田口の心を苛《さいな》んでいた。

検閲《けんえつ》のおかげで自分のもとには届かないとは言え、「拝啓　牟田口司令官殿」と書かれた呪詛の手紙は増える一方との話も聞いている。

この戦争を何とかしなければ、自分は日本に戻れない。最近はそんなことさえ考える。

では、どうすれば良いのか、それがわからない。そんなときに、この陰唆大佐が現れた。

あの、八年はかかると言われた泰緬鉄道を、わずか二年足らずで完成させたのが陰唆大佐との話は、牟田口も耳にしている。

奇跡の男、不可能を可能にする男、陰唆大佐についてはそんな評判も聞いている。牟田口司令官が陰唆大佐を招いたのも、まさに彼が必要としていたものが、奇跡であったからに他ならない。

だが牟田口司令官はわかってもいた。この世に奇跡などないことを。

「奇跡は待つものではなく、自らの手で勝ち取るものではありませんか、閣下?」

「奇跡は勝ち取るものだと……」

自分の考えを読んだかのような陰唆大佐の言葉は、奇跡を待っている牟田口の心には、確かに響いた。

「勝ち取るのです。すでに閣下はインパール作戦を提案したではありませんか。

かつて第二一号作戦に反対した閣下が、いま、それを提案する。それこそ奇跡を勝ち取るための第一歩ではありませんか!」

第二一号作戦とは、昭和一七年九月に、大本営より第一五軍に出された命令だった。一言でいえば、ビルマの第一五軍に対して、インドのアッサムに侵攻するという作戦案である。

当時はまだ第一八師団の師団長だった牟田口司令官は、その作戦案に対して

「補給が困難であり、作戦に自信が持てない」

と反対していた。

その牟田口中将もガダルカナル島撤退後の昭和一八年三月には第一五軍司令官となる。じつ

をいえば、牟田口と陰唆の出会いもこの頃からだった。

どういう状況で、どういう形で牟田口司令官は陰唆大佐と出会ったのか、それはなぜかよく覚えていない。

当時は第一三鉄道連隊の連隊長だった陰唆大佐が、泰緬鉄道に関して司令部を表敬訪問したのが最初だと陰唆は言うのだが、それに対する記憶は牟田口司令官にはない。

ただ、自分が書いた機密日誌の類を見ると、確かに記録には残っている。

同時に牟田口司令官はあることにも気がついていた。もともと南方軍やビルマ方面軍は、積極的にインドを攻略する意図はなく、基本的にイギリス軍からビルマを防衛する、つまり守勢に徹するのを基本方針としていた。工業力・輸送力の問題からも、ビルマが攻勢限界であるからだ。

だが機密日誌を見ていると、第二一号作戦の反対をしたことでもわかるように、それまで守勢を主張していた牟田口司令官は、陰唆大佐と会ってから守勢的攻勢を主張するようになっていた。

イギリス軍の要衝インパールを攻撃し、占領すれば、イギリス軍のビルマ奪還は頓挫《とんざ》するという理屈である。

確かに自分はいま、インパール作戦について絶対の自信を持っている。だが、なぜ絶対の自信を持てるのだろう？　牟田口司令官は自問するが、答えは出ない。第二一号作戦の頃と比較して、状況はずっと悪化している。

陸軍師団の数は増え続け、増えた分だけ、質は低下してきている。訓練も装備も足りていない。第一八師団は、日本陸軍の中ではかなり自動車化の進んだ師団であったが、いまの第一五軍には、それほどの機械力はなかった。

制空権も最初は日本軍にあったものの、航空戦とは消耗戦であり、日本にはビルマまで航空機を潤沢《じゅんたく》に補給できるだけの国力が無い。

補給の困難さはイギリス軍も同様であるため、彼らの大攻勢もまだ行われてはいないものの、制空権は事実上、イギリス軍が掌握していた。

さらに第一五軍のスタッフ機能にも問題があった。牟田口司令官を支える参謀などの幕僚群が、陸軍人事の関係で、そのまま上位機関である方面軍の作戦スタッフである方面軍司令部要員に充てられたため、いまの第一五軍司令部には、ビルマ情勢に詳しい幕僚がいない。

代わりに赴任した作戦スタッフである幕僚群はビルマ情勢についてほとんど何も知らなかった。ビルマ情勢に一番詳しいのが牟田口司令官その人であり、この点で幕僚が幕僚として機能していなかった。

にも拘わらず、牟田口司令官は不思議と不安を覚えない。陰唆大佐がいるためか？　陰唆大佐はビルマ情勢に明るく、結果として幕僚として唯一信用できる人材となった。この怖れを知らぬ男といると、確かにこの世に不可能ごとなどないような気になる。

それでも、牟田口司令官はインパール作戦の問題はわかっていた。

「確かに、インパール作戦を提案した。しかし、大本営からの異論も来ている。貴様は作戦指導に来ているはずだが、大本営や南方軍を納得させられる策はあるのか？」

「ございます。そのために、小職はここにおります」

「貴様がか？」

どうしてこの男は、ここまで強気なのか？

牟田口は陰唆のこの自信に満ちた態度に羨望《せんぼう》さえ覚えた。

「最大の問題は輸送力であります。ですが、我々は最大限の努力で、泰緬鉄道をインパール方面に延長しております。これだけでも兵站補給は楽になります」

「そんな鉄道が？　聞いておらんぞ？」

「小職が大本営より派遣されてきたことをお忘れなく。この建設は軍機であります。敵に悟られてはなりませぬ故」

「まぁ、それはそうだな。しかし、鉄道から前線まではどうする？　自動車も馬も足りないというのに」

「牛を使えばよろしい」

「牛だと!?」

「軍管区で飼育されている牛を徴発し、それに物資を運ばせるのです。そうすれば自動車や馬の不足は埋められます。

さらに牛は食料にも転用できる。糧食を牛に積み、糧食がなくなった順番にその牛を食べるなら、糧食の問題は解決する。

牛肉を十分に食べるなら、将兵の士気もあがるでしょう」

「ジンギスカン作戦だな、名付けるなら」

牟田口司令官は、そんな言葉が自然に口から出た。そして決心した。

「インパールを占領し、さらに歩をインドに進めれば、イギリスはインドを失い、日本との講和をせざるを得ない。

連合国からイギリスが抜けるなら、アメリカもまた講和となる」

「そして英米との講和がなれば、蔣介石《しょうかいせき》も膝を屈することになりましょう。戦争は閣下の手で終えることができるのです。

開戦した人物が、終戦を指導する。これに勝る軍人としての忠節《ちゅうせつ》はないのではありませんか？」

「忠節か……軍人の本懐《ほんかい》のため、儂は立つぞ、陰唆君！」

こうしてインパール作戦は大きく実行に舵を切った。


昭和一九年三月。第三インド師団を中核とする総勢九〇〇〇名の将兵が、ウインゲート少将の指揮の下、ビルマ山中を移動していた。いわゆるウインゲート旅団である。

ウインゲート旅団のビルマでの活動は、これが二度目だった。最初は、昭和一七年、インド第七七旅団を基幹とした部隊であった。

彼らの戦術は、日本陸軍もビルマ戦域でイギリス軍相手に多用した、浸透戦術と言うものであった。

ただウインゲート旅団が画期的《かっきてき》なのは、小規模部隊が航空輸送による補給で長期間の活動が可能であることを証明したことだ。

戦果という点では、彼らはさほど大きな戦果は上げていない。部隊の性格から、火砲などの重火器は運べないからだ。

ただアジアでの劣勢が続くイギリスにとって、彼らの活躍は数少ない明るい材料であり、国民の士気を鼓舞《こぶ》するのには大いに役立った。

そして昭和一九年三月の今、イギリス軍は再びウインゲート旅団をビルマに投入した。兵員はグライダーで降下し、着陸後、すぐに部隊としてまとまることができた。

火力には依然として限界はあったものの、自動火器も多く、迫撃砲も増えている。さらに空《くう》挺《てい》部隊用の新兵器、後の世で言う無反動砲であるバーニー砲が装備されていた。

これは八八ミリ口径の火砲でありながら、全備重量は三〇キロもない。無反動砲なので初速は望めないが、近接戦闘では絶大な威力が期待できた。

この規模の浸透戦術が可能なのは、制空権がイギリス軍にあるためだった。航空機輸送による物資補給を行うには、制空権がなければ不可能だからだ。

旅団は三隊に別れて移動していた。日本軍に活動を気取られないためと、ジャングルでの大部隊の移動が困難だからだ。

彼らが無反動砲まで用意して目指しているのは、日本軍の鉄道建設現場だった。

イギリス軍の偵察機が写真偵察を行った結果、アラカン山系の中に、巧みに偽装した鉄道を発見したのだ。

さすがに単線で狭軌の鉄道だったが、それは延長すればインパール方面を目指しているようだった。

さらにマニプール川にも木橋が建設途上であるらしい。予てより、日本軍が大規模な攻勢に出るという徴候はイギリス軍もつかんでいた。

このためこの鉄道はどうしても破壊する必要があったのだ。この鉄道が泰緬鉄道と連結しているならば、兵站補給の面で、イギリス軍としても看過するわけにはいかないからだ。

三隊に別れたウインゲート旅団は、それぞれに鉄道を破壊する計画だった。ほぼ同時に鉄道を攻撃する事で、日本軍を混乱させるためである。

そして三隊は、順調に前進し、ほぼ計画通りに日本軍の軍用鉄道を攻撃できる位置に就いていた。

「なんだ、あれは？」

本隊を指揮するウインゲート少将は、双眼鏡の中の光景が信じられなかった。

日本軍が泰緬鉄道を建設している時には、捕虜や現地人を使役しているとは聞いていた。

しかし、いま彼の視野の中には捕虜の姿はなく、あるのは現地人らしい人間が建設作業に従事する姿だ。

だがウインゲート少将が知る限り、ビルマにこんな部族は知られていない。ほぼ裸に近いのは良いとして、身長はどう見ても一ヤードあるかないかくらいだ。

最初は子供が働かされているのかとも思ったが、現地人らの顔は大人のそれだ。作業の仕方を見ても大人であり、彼らはつまりそういう部族なのだ。

不思議なことに、建設現場に日本兵の姿がない。監視役の日本兵がいないのだ。それもまた前例のない話だ。

「連中が、自分達のために鉄道を敷設してるんでしょうか？」

「馬鹿を言え、裸で生活している連中に、どうして鉄道が必要なんだ！」

ウインゲート少将は迷った。現地人しかいない工事現場、ここを攻撃して良いのかどうか？彼らは、ここを見る限り、日本軍とは無縁に見えなくもない。

攻撃中止は、無線機で指令を出せば済むことだ。攻撃開始時間までにはまだ間がある。

じじつ他の二隊からも無線で報告と問い合わせがあった。軍用鉄道の建設を行っているのは、身長一ヤードほどしかない現地人であると。

「攻撃は予定通りだ」

ウインゲート少将は決断する。現地人と日本軍の関係は不明だが、ともかくこの鉄道は放置できない。

彼が計画続行を命じようとしたとき、横にいた副官が倒れた。

「おい、どうした！」

副官を起こそうとしたことが、ウインゲート少将を救った。彼がいままでいた場所には、弓矢が刺さっていた。

「敵襲！」

彼が叫ぶよりも早く、どこかで部下が銃で反撃していた。

銃と弓矢。イギリス軍の方が有利と思われたが、彼らはいつのまにか、トゥチョ＝トゥチョ人の集団に囲まれていた。

反撃するのも、どこに銃口を向けるべきかわからない。弓矢はジャングルの中から、いずこともわからない方角から飛んでくる。

「撤収！」

誰かが命じている。それは聞き覚えのある声だったが、誰なのかはわからない。それよりも、部隊はこの「撤収！」の一声により、雪崩を打って、後退しはじめた。

「待て！　持ち場を離れるな！」

そう叫ぶウインゲート少将の叫び声も、奔流となった人の流れを押しとどめることはできない。

部隊の人の流れは、人が通過できるルートが限られていることもあって、兵士たちの動きは川のようだった。

ウインゲート少将も、その流れに逆らうことはできなかった。そこにはすでに階級が意味を失っている。

弓矢は相変わらずあちこちから撃たれている。すでに数十人の死傷者、いや死者がでていた。

矢は毒でも塗ってあるらしく、刺されればそのまま口から泡《AWA》を吹いて兵士たちは死んで行く。

勇敢な兵士の何人かは、ブレンマシンガンで応戦し、現地人を射殺していた。

それでも相手は身長が低いため、巧みに周囲に隠れ、居場所をつかませない。まさに彼らこそ、ジャングル最強の狩人《かりうど》だ。

「左だ！　左に行け！　脱出口だ！」

再び誰かが命じる。聞き覚えのある声。ウインゲート少将は、その声が自分の声であることに気がついた。

自分の意思に関係なく、口が勝手に命令を発している。そして兵士たちは、ジャングルの中に突然現れたトンネルの中に吸い込まれるように入って行く。


それはトンネルに見えたが正確には違う。樹木の生《お》い茂る中で、円形に枝が押しのけられたような通路ができているのだ。

そのトンネルの地面には黒い石板が並べられていた。兵士たちがそこに殺到するのは、ジャングルよりも遥かに歩きやすいためでもある。

しかし、ウインゲート少将はこの状況の危険性に気がついていた。部隊全員がこんな細長い通路に逃げ込んでは、まさに袋のネズミではないか。

彼は自分の横を走り去ろうとするブレンガンを抱えた軍曹を捕まえ、身振りで、後方の守りに就くよう示す。

言葉を発すれば、何を言い出すか、自分自身でも怖かったからだ。軍曹は、相手が少将とわかると、部下らしい兵士を引き連れ、兵士たちの反対方向に向かう。

だがウインゲート少将自身は、軍曹らを置いて前進した。口だけではなく、足も勝手に動き出すのだ。

後方で銃声を耳にしたような気もした。だが兵士の奔流《ほんりゅう》に流され、わからない。

――いったい、どこまでいくのか
ウインゲート少将はすでに、時間も距離もわからなくなっていた。何日も歩いているような気もすれば、一分二分しか時間が経過していない気もする。

一〇〇キロは歩いたような気もすれば、一〇〇メートルも進んでいない気もした。ともかく現在位置がわからない。

そしていきなり彼は、巨大な空間にでた。

――ここは……地下？

空は見えず、見えるのは、遥か上空にある岩の壁。それでも漆黒の闇ではなく、周囲が見えるのは、蛍光《けいこう》を放つ島があるためだ。地下に湖があり、その湖の中心に城塞のような島がある。あるいは島を城塞としたのか？　自分達は地下の湖の湖岸にいた。湖岸は武装したウインゲート旅団の将兵で埋め尽くされている。

全員とは言わないが、五〇〇〇人を下ることはあるまい。ひょっとすれば七、八〇〇〇人はいるだろうか。

城塞からは緑の光がサーチライトのように湖岸の将兵を照らしている。

城塞の現地人たちも、事態が予想外の方向に進んだことに当惑している。ウインゲート少将には、なぜかそれがわかった。

「撃て！」

ウインゲート少将はそう叫んでいた。自分の意思とは関係なく。

だがそれは少なくない、旅団の将兵も同様であったらしい。あちこちの湖岸から迫撃砲弾や無反動砲の砲弾が、湖の城塞――アラオザル――に弾着していった。

それでも城塞は頑強に砲弾から耐え抜いた。恐るべき長い歳月《さいげつ》を耐えてきた城塞は、そう簡単には突き崩せない。

しかし、城塞の中にも砲弾は弾着する。それは城塞内のトゥチョ＝トゥチョ人たちを情け容赦なく切り刻む。

そしてトゥチョ＝トゥチョ人もまた、ウインゲート旅団に対して、激しく弓矢で応戦した。湖岸の将兵は、近代兵器で武装していたものの、湖岸には身を守るものは何も無い。城塞からは彼らの姿は丸見えだった。

しかもトゥチョ＝トゥチョ人は、弓矢の名手でもあった。人間業とは思われない早業で、彼らは毒矢を射る。

一方で、彼らもまたイギリス軍の砲弾や銃弾に斃れていた。

城塞と湖岸で、互いに怨嗟《えんさ》と憎悪の応酬《おうしゅう》が続き、それは地下世界で渦を巻いているかのようだった。

「どういうことなのだ？」

城塞の奥底で、ロープをまとったトゥチョ＝

トゥチョ人の長老が、おそらくは彼の人生で初めての恐怖を感じていた。

「すべては計画通り」

長老とは対照的な長身の男、陰唆大佐は哄笑しながら長老に向かう。

「何が計画通りなのか？　そなたのいう鋼《はがね》の道が完成し、古の力を用いればロイガーもツァールも甦るとは聞いているが、人間達がこの地に足を踏み入れるとは聞いてはおらぬ」

「それはそうでしょう。私もそこまでは話していない。あなたの一族も、湖岸の兵士たちも、もう直に共倒れだ。

アラオザルは、いま苦痛と恐怖と怒りと憎悪に満ちている。この人間達の負の感情こそ、何よりの力」

「それで旧支配者を甦らせるのだな」

「まさか。長老殿はわかっておられないようだ。これだけのトゥチョ＝トゥチョ人が殺戮されたとき、誰をどうやって甦らせる。アラオザルの維持もままなるまい」

「そなたは死が怖くないのか」

「無駄だ、長老殿。あなたの精神力なら、並の人間なら殺すこともできよう。されど、私には通用しない。

長老殿、私の心が読めますか？」

ローブをまとった皺《しわ》だらけの老人は、このとき初めて死の恐怖を理解した。

「なぜそなたの心だけが読めぬのか！　わしを殺すつもりか！」

「過《あやま》つな。トゥチョ＝トゥチョ人の首領を殺したりはせん。殺せるものでもなかろう。お前は旧支配者に守られているからな」

「そなたの望みは何か！」

「旧支配者の復活を阻止する事。お前たちはそのためによく働いてくれた。

お前たちが絶滅寸前まで追い詰められれば、ロイガーもツァールもこの先一〇万年は甦ることはあるまい。手足となり働く者たちがいなくなるのだからな」

「そんなことになれば、そなたはロイガーやツァールに永遠に呪われようぞ！」

「まさにそれこそが私がここに来た理由。

放置すれば早々に地上に甦りかねないロイガーとツァールを再度封じ込め、なおかつその呪詛と怒りの力を呼び起こすことができる！」

「そなた、最初から裏切るつもりで我等のもとに……」

「裏切るなどとんでもない、我が忠節はただ一つ。このビルマの大地には世界を滅ぼせるほどの呪詛の力が集まっている。我が目的が成就する日も近い。

あなたたちには、もう用はない。これから一〇万年、ロイガーらと共に、地下で呪われるがよい。

では、さらばだ！」

陰唆大佐はいつの間にか描いた魔方陣の中に立ち、魔方陣ごと消える。その時砲弾が、城塞の天井を撃ち抜き、長老の前に瓦礫《がれき》の山を作った。

陰唆大佐が消えたとき、ウインゲート旅団を導いたトンネルも消滅した。そしてその瞬間から、ウインゲート旅団は歴史から消えた。

八章　インパール作戦異聞

「ここは、どこなんだ？」

「あっちがコヒマなんだから、この方向に向かえば集結地のウクルルのはずだ」

ジャングルの中、そこには一〇人ほどの日本兵がいた。二等兵、一等兵それに伍長。

彼らは同じ歩兵第一二四連隊に属していたが、所属する大隊も中隊も小隊さえも別だった。乱戦の中で道に迷い、ジャングルを彷徨《さまよ》う中で、日本兵同士が集まったのだ。

だから彼らの中に命令者はいない。所属が違うからだ。ただ一〇人の中で、最古参《こさん》の一等兵がリーダーのような役回りになっていた。

「しかし、陽があちらなら、南はあそこの方角で、自分達はウクルルではなく、コヒマに戻ってることにならんか？」

「コヒマに戻ってるだと」

伍長にそう言われ、一等兵は方位磁石を取りだし、方位を確認するが、針は回転するばかりである。

「糞、ガラクタめ」

彼は方位磁石を投げつける。

「で、どうする？　伍長さんよ」

「このままコヒマに向かうのも、一つの手かもしれん」

「コヒマに戻るだと？　気は確かか？　あそこはもうイギリス軍の占領地だ」

「だからだよ」

「だからって……貴様、捕虜になるってのか？」

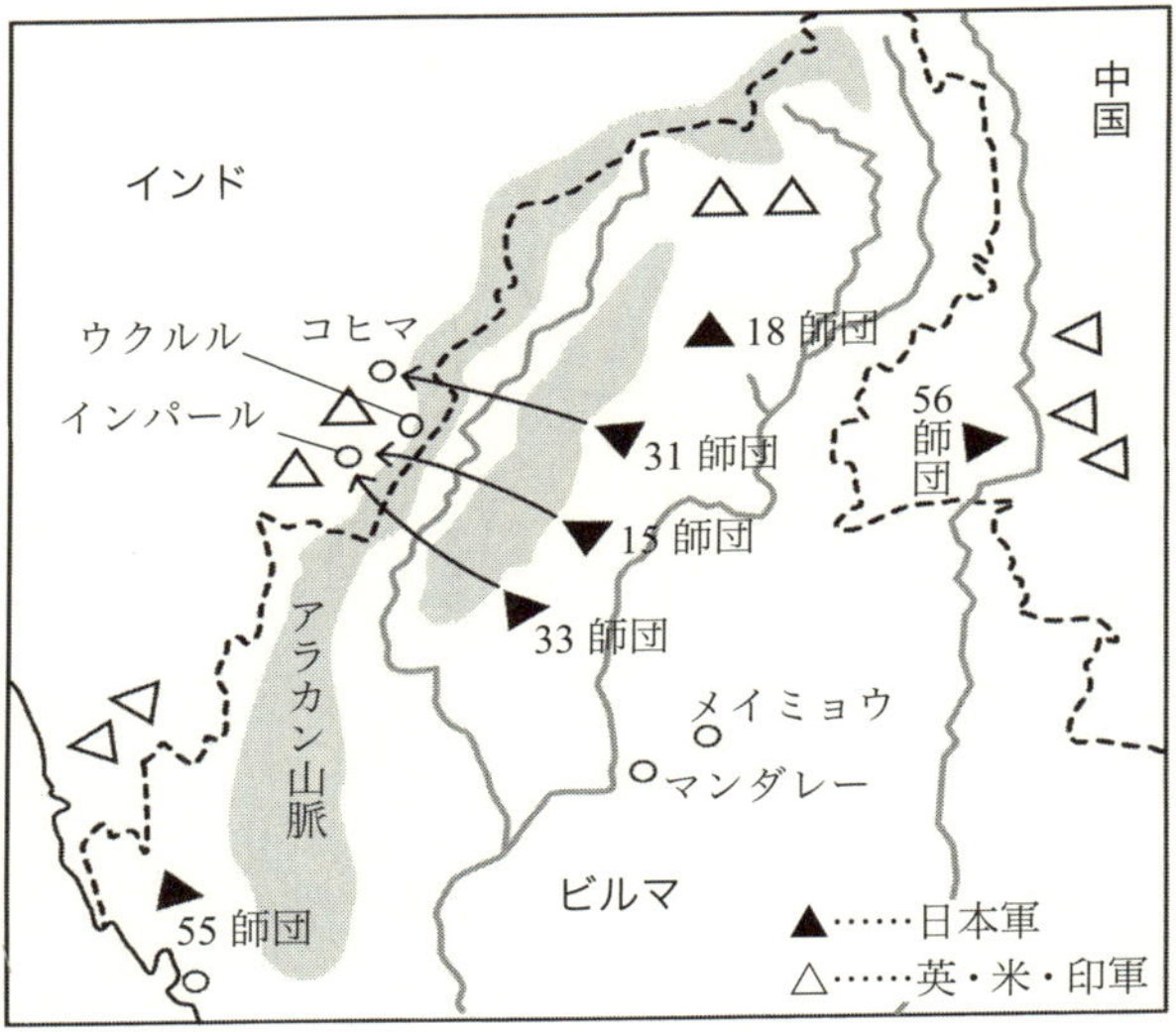

「なら、このままこんなジャングルの中で朽ち果てるか？　貴様だって、ガダルカナルで辛うじて拾った命だろう。それをいまさらここで捨てられるか！」

「捕虜になったら、いつ日本に戻れるかわからんぞ」

「捕虜にならなかったら、金輪際《こんりんざい》日本には戻れないんだぞ！　わかるか？」

「だけどよ、俺達が捕虜になったとわかったら、国にいる女房子供が近所からどんな目に遭うかわからねぇ」

別の兵士が話に加わる。

「村八分になったら、奴らが生きて行けねぇんだ。俺が戦死すれば恩給《おんきゅう》もでる」

「馬鹿野郎！　二等兵が死んだくらいで、どれだけの恩給が出るってんだ？　それで女房子供が一生生きてけるのか？　多少辛くても、働き手が、俺達が戻らなきゃならないんだよ！」

「そうだな、前線の俺達に満足に飯も出せない国が、銃後《じゅうご》の嬶《かかあ》の飯の面倒まで見ちゃくれねぇよな」

「そうさ。それによ、わかるだろ。俺達の大砲が一発撃ったら、敵は一〇〇発撃ち返してくる。

この戦争は、俺達の負けだ。わかるか、食い物がないんだ。戦争はすぐ終わる。なら捕虜になっても、すぐに戻れるさ。

いや、戻れるのが五年後一〇年後でもいい、ここで野垂れ死んだら、一万年待っても戻れやしないんだ」

伍長の言葉に、全員が押し黙った。

「行くか、コヒマに」

一等兵が口を開く。そうして兵士たちは敵兵を求めてコヒマに向かった。白旗を用意しながら。

昭和一九年六月。第三一師団に属する歩兵第一二四連隊の将兵にとって、大東亜戦争を一言で表すなら、それは「飢餓《きが》」の二文字に尽きた。

彼らにとっての戦場とは、常に極限状態の飢餓と背中合わせだった。それは表現を変えると、彼らが投入された作戦は、どれも作戦主導で兵站補給の裏付けがないものばかりだったと言える。

最初はガダルカナル島だった。歩兵第一二四連隊は、最初は歩兵第一八師団に編入されていたが、師団の編成替えに伴い、川口少将の第三五旅団に編入され、いわゆる川口支隊の一部としてガダルカナル島の戦闘に参戦した。

ガダルカナル島は確かに激戦地ではあった。しかし、本当の敵は米兵ではなく飢餓であり、疾病《しっぺい》だった。

撤退するまで、ガダルカナル島の日本軍総兵力三万一四〇〇人。その中の二万八〇〇名が「戦闘損耗」であった。彼らはすべて戦死として処理される。

だがその二万名あまりの犠牲者のうち、「純戦死」とされるのは五〇〇〇名から六〇〇〇名に過ぎず、餓死も含めて「戦病に斃れた」日本兵は一万五〇〇〇名前後とされている。

一方、どこまで信頼できるかは不明ながら、米軍の戦死者は約一〇〇〇名であるという。それが話半分としても、日本軍将兵がアメリカ軍将兵と比較して、どれほど飢餓と疾病に悩まされたのかがわかる。

考えてもみるがいい。三万の兵士の半数が飢えるか疾病に冒されている軍隊で、どれほどの戦果があげられようか？　純戦死が〝五〇〇〇人〟という数字にしても、飢餓状態やマラリアに罹患した兵士でも、敵弾が当たれば純戦死だ。

そうして昭和一八年二月にガダルカナル島から脱出し、外地で保養に努めていたのもつかの間、日本に戻ることなく連隊はビルマ方面に送られた。

日本国内にガダルカナル島の真相を知られたくなかったためかどうか、そこまでは末端の将兵もわからない。

わかるのはただ、日本が遠くなったということだけだ。

そして歩兵第一二四連隊は、インパール作戦に参戦する。彼らはそこで大きな発見をすることになる。

ガダルカナル島こそが、この世の地獄と思っていたが、あの戦場さえもインパール作戦よりはましだったという発見だ。

ガダルカナル島周辺では何度も大きな海戦が行われたが、それらはほとんどすべてが、ガダルカナル島への補給を目的とした作戦に関わるものだった。

その意味で、海軍の第八艦隊も陸軍第一七軍も、結果はともかく、補給については真剣に考えてくれたと言える。


だがインパール作戦は違う。上の連中は何を考えていたか知らないが、現場での補給状況は悲惨なものだった。

通常、こうした大作戦では兵站地や兵站末地を設定し、そこに事前に物資を集積するのが常道だった。

だが第一五軍は、そうした兵站地の設定にまず失敗していた。輸送量が少なく、さらにイギリス軍の空襲を受けたからだと連隊の将兵には説明された。

それでも自前で運んでいる分や牛や馬で運んでいる分があるため、作戦が予定通りに三週間で完了したならば、問題はなかった。

だが制空権は日本に無く、なおかつ進軍路は急峻な山脈であり、部隊の進軍はとても計画通りには進まなかった。

なにより日英の火力の違いが大きい。第三一師団の場合、作戦開始から一カ月も経つと師団の保有する砲弾は一万発なのに対して、イギリス軍は第三一師団の正面に七〇門の火砲を動員し、最盛期には一時間で一万発の砲弾を日本軍に撃ち込んできた。

おかげで日本軍が奇襲で奪取した敵陣を、砲火力により易々と奪還されることも珍しくなかった。

第一五軍は、そもそも師団に対して、最初は一日一〇トン、その後、体制が整い次第、二五日以降は二〇〇トンの物資を輸送することを約束としていた。

師団が一日に必要とする物量は最低でも二〇トン。だから一〇トンの補給では、自前の物資を取り崩すしかない。

ところが現実に行われたのは、一日一トンにも満たない補給であった。すでに部隊は引き返せないほど前進しており、ここは補給が増えることだけを頼りにするよりない。

それでも自前で運んでいた物資がすべて活用できたなら、まだ状況はましだっただろう。

歩兵第一二四連隊の将兵は、貴重な物資を捨てざるを得なくなったのだ。理由は、村口司令官のジンギスカン作戦にあった。

そもそも輜重《しちょう》隊の編成が異常であった。第三一師団の輜重隊はトラックがあまりにも少ないため、ほとんどが動物で物資を運ばねばならなかった。

日本陸軍はそういう場合には輓馬や駄馬による輸送を行うのが常である。馬はデリケートな動物なので、日本陸軍は何十年もかけて馬の健康のため馬糧の開発を続けてきた。

だから輓馬《ばんば》輸送・駄馬輸送のためには、馬糧も輸送しなければならない。その辺の草を適当に食べさせたりはしないのだ。

だがおそらく陸士や陸大を出たようなエリート司令部幕僚らには、そうしたことなどわからなかったのだろう。

人間の糧秣や武器弾薬が優先された結果、馬糧が足りなくなり、進軍の途中で軍馬は次々と斃れていった。

結果、馬たちが運んでいた物資は、人間と牛などで運ばねばならず、兵員への負担と残された牛馬への負担が急増した。

しかもジンギスカン作戦のために用意された駄馬が三〇〇〇頭に対して、現地から徴発して集めた牛が五〇〇〇頭(他に象が一〇頭)だった。

馬糧さえ足りないなかで、第一五軍司令部が牛の餌まで手配するはずもない。そもそも日本陸軍は、牛糧の研究などしていないし、用意もない。その辺の草で対処するよりなかった。

だから軍馬が斃れ、牛への負担が増え、その牛も飢えていた状況では次々と牛が斃れるのは自明のことだった。

牛も、馬も斃れたあと、それらが運んでいた大量の物資は、人間が運ぶしかない。しかし、すべてを運ぶことは不可能だった。

人間が運べないからこそ、牛や馬を準備したのではなかったか？　結果として、師団の将兵は貴重な物資を捨てざるを得なかった。

もちろん斃れた馬や牛を食料にすることも試されたが、疾病で斃れた牛馬は食用にはできない。

軍馬などは食用にすることは考えていないため、それを食べて消化不良を起こし、脱水症状で疲弊し、時に命を落とす将兵さえ現れた。

牛にしたところで状況は大差ない。そもそも何十頭もの牛が一度に斃れても、それを運ぶことは不可能だし、一部を食料にしても、他は捨てるしかない。

ジンギスカン作戦など机上の空論に過ぎぬことを、彼らは我が身の命を削って証明していた。

作戦に参加したすべての師団で、状況は似たようなものだった。インパールに向かう進撃路に、怒りと呪詛の声が地面を這うように木霊《こだま》していた。

コヒマに向かっていた日本兵たちが、その鉄道に出くわしたのは、夕刻の頃だった。幅一メートルほどの狭い鉄道。単線で前にも後ろにも走っているものはない。

「これ、どっちの鉄道だ？」

一等兵は、眉間に皺を寄せる。こんな鉄道の存在など聞いたことがない。ここまで鉄道があったなら、自分達は死んだ牛を腐るに任せながら歩いて来る必要はなかったはずだ。

「イギリス軍じゃないか」

「こんなところまで鉄道が敷設されているのか。これじゃ勝てないな」

「おい、ちょっと、この鉄道、おかしくないか？」

兵士の一人がかがみ込む。

「これレールだけどよ、鉄か？　なんか軽石みたいな感触だぞ」

「おい、これ、軽石じゃない。骨じゃないか！」

一人の兵士が線路から飛び退いた。

「骨で鉄道を敷設する奴がいるかよ．機関車の重さに耐えられんだろう」

「おい、このレール、目があるぞ！　こいついま俺を睨んだ！」

「馬鹿言え！」

その時、遠くから機関車の警笛の音が響く。まるで甲高《かんだか》い読経《どきょう》のような警笛。

「下がれ、敵か味方か確認する」

「投降しないのか？」

「それは相手を見てからだ」

ジャングルをえぐるように作られた線路脇の樹木の陰に一〇人は隠れた。読経のような警笛は、ますます音量をあげる。

「列車砲じゃないか」

それは無蓋貨車の上に組み立てられた巨砲であった。口径だけでも線路幅位あるだろう。

だが伍長たちはすぐにおかしいと気がつく。目の前の鉄道は軽便鉄道並みの狭い鉄道だ。

こんな狭い線路の上を、あんな巨砲を載せた列車砲が走れるはずがない。走ればトップヘビーな列車砲はすぐに転覆《てんぷく》するだろう。

だが列車砲は転覆することなく、安定した走りを維持している。さすがに速度は時速にして二〇キロ程度に思われた。

「どうする？」

「お前ら、あの大砲の砲口の前に立ちたいか、それとも砲尾の後ろに立ちたいか？　おれはあんな奴の餌食《えじき》になんかなるもんか！」

伍長が木から飛び出すと、他の兵士たちも我先に飛び出し、線路脇に並んだ。

「仲間がいるぜ！」

他の敗残兵《はいざんへい》を拾ったのだろうか。列車砲には、痩《や》せ、雑巾《ぞうきん》のような軍服を纏《まと》った日本兵たちが鈴なりになっていた。

彼らも伍長たちを見つけたのか、乗れと言わんばかりに手を伸ばし、何かを叫んでいる。

「早く逃げろ」

と。

「どういうことだ！」

そう尋ねる間にも列車砲は接近し、そして一〇人は伸ばされた幾つもの腕に絡め取られる。

「うぇっ！」

兵士たちは悲痛な叫び声を上げる。

「叫びたまえ、怒りたまえ、苦しみたまえ！　お前たちのその感情こそが、負の精神エネルギーこそが無限の力となる！」

伍長たちは列車砲の砲身の上に起立する陸軍大佐の姿を見た。そしてこの列車砲が、鉄に人間を組み合わせ、人と鉄のオブジェのような兵器であることを我が身を持って知った。

巨砲の重さとバランスを、彼らは自分達を部品として組み込むことで、それを支え、制御する。列車砲に融合した剥き出しの筋肉と神経は、組み込まれた何百人という兵士の苦痛と、怒りを呼び起こす。

陰唆大佐は砲身の上を猫のようにしなやかに歩きながら、連結しているタンク車に向かう。

「よしよし、呪の力がかなり蓄積された。あと少しだ。

そう、戦いたまえ、傷つきたまえ、苦しみたまえ、怒りたまえ、呪いたまえ！

人種は問わぬ、日本兵もイギリス兵も、現地人も、思う存分呪うがいい、その呪詛、この陰唆が引き受けようぞ！」

列車砲が過ぎ去った後には、人体から作られた朽《く》ち果てた線路があった。それはすぐに土に還って行く。すべての呪詛を吸い取られ、彼らはやっと無になることができた。

同じ頃、本宮少佐らは、泰緬鉄道の知られていない支線を発見していた。蛇魂機関の面々は、二両の装甲牽引車でその支線を調査していた。

「これがイギリス人捕虜が言っていたトゥチョ＝トゥチョ人が建設していた鉄道ですか？」

「だろうな。陰唆とトゥチョ＝トゥチョ人がつながっているとは想像もしていなかったが、ガダルカナル島のことを考えれば、信じるしかないな」

鉄道のゲージは泰緬鉄道とも同じであり、補給用の鉄道と考えられなくもない。だがこの鉄道について、第一五軍の誰も存在を知らなかった。

それは嘘ではないだろう。この鉄道のことを知っていれば、将兵が飢餓状態に置かれることなどなかったはずだ。

「機関長！　この鉄道おかしいですよ、いや、鉄道じゃない！」

戸山軍曹が叫ぶ。

「こいつ、骨ですよ。何の骨かわかりませんけど、骨と……肉だ！」

「そんな馬鹿な！」

本宮少佐も装甲牽引車を降りて、鉄道を叩いてみる。それは鉄ではなかった。骨と肉をもの凄い力で、レールの形にしているものだ。何よりも恐ろしいのは、その鉄道が体温をもっていたことだ。こいつは生きている。

「いや、死にかけてますよ、機関長」

戸山軍曹がナイフでレールに筋を入れる。たちまち膿《うみ》と血が流れ、周囲に生臭い悪臭が広がる。

「生きものをレールの形にして使うというのか？」

「生きものと言うより、人間ですよ」

戸山軍曹がナイフで示したレールには、軍服の一部と思われるものが、練り込められていた。軍服の色からすればイギリス軍の軍服か。

「これが行方不明の捕虜なのか……」

「だけじゃ、足りなくないですか、鉄道には」

「友軍将兵もレールにされたと言いたいのか！」

「かもしれませんや」

戸山軍曹は何かに導かれるように、別のレールを調べ、そこからやはり石のように固くなった軍服の切れ端を、ナイフで削り取る。

「機関長！　これは……」

それは軍服のポケットだったらしい。その中には、恐るべき圧力で石のように固められた手帳があった。

辛うじてナイフで頁を引き剥《は》がすと持ち主の名前と所属がある。他国の軍隊ではまずないが、日本兵は、手帳に細かい日記を記すものが多かった。

本宮はその手帳の主に暗澹《あんたん》たる気持ちになる。それはガダルカナル島に送られた一木支隊の兵士の持ち物だったからだ。

「陰唆がアラオザルからガダルカナル島に〈道〉を開いたのは、この鉄道の材料を手に入れるためか。

巨人の再生だけでなく、奴は地獄のような戦場を死体製造器としか考えていないのか。そんな馬鹿なことが」

「機関長、ガ島のことを思いだしてください。奴には敵も味方も関係ない。いや、人間であることそのものもね」

「何がしたいんだ、奴は！」

「本気で大東亜凶永圏を建設するつもりじゃ。このレールは純粋に人間を侮辱《ぶじょく》するためのものとしか思えねぇ」

「このレールの上を何を走らせるつもりだ？」

「走らせた、じゃないでしょうかね。何かを走らせて、それが終わったら、鉄道は死んでも構わない」

「だから腐るに任せるというのか」

本宮の脳裏《のうり》にある考えが浮かぶ。第一五軍の牟田口司令官は、ビルマ方面軍や南方軍の反対を押し切ってインパール作戦を強行した。

もしもそれが陰唆大佐の計画であったなら。この作戦は軍事作戦ではない。第一五軍の将兵を飢餓状態におき、苦しめるための作戦。そう、作戦目的は、ビルマ防衛にはない、兵士を極限まで苦しませること、そこにあるのだ。

「急ぐぞ、このレールが長持ちしないのなら、奴はまだそれほど遠くには行っていない。追いつけるはずだ」

「追いつくって……この上を走らせるんで？」

「馬鹿言え、装甲牽引車が鉄道以外でも走行できるのを忘れたか」

二台の装甲牽引車は、ジャッキで自分を持ち上げ、動輪と駆動輪《くどう》に専用のゴムの履帯を装着すれば、ゴムタイヤで走行可能だ。

もともとはゲリラ攻撃から、鉄道を守るための装甲車だ。線路外も走行できる。

本宮は、人肉鉄道に線香を手向けてから、鉄道を外れて前進した。装甲牽引車で移動しながらも、彼らは鉄道のすすり泣きが聞こえてくる気がした。

ビルマ方面で陰唆大佐が活動しているらしいことは、蛇魂機関も早々に把握していた。さらに調べると、第一三鉄道連隊が解隊してからは、第一五軍司令部の参謀に収まっていることもわかった。

ただ本宮少佐らには、それ以上のことはできなかった。東条英機首相からの命令もあるのと、時期的にまさに第一五軍がインパール作戦を実行しようとしていたためだ。

通常の作戦なら、それが調査の障害になることはない。しかし、インパール作戦は違った。インパール作戦自体が、各方面からの反対に遭っており、第一五軍と大本営との関係も決して良好とは言えなかったため、彼らは中央からの人間が作戦に容喙《ようかい》することを拒否していたのだ。

この結果、第一五軍が管轄《かんかつ》する領域で本宮のような立場の人間が調査活動を行うことは非常に困難であった。第一五軍は調査を認めないし、調査を強行したら、一切の協力は拒否される。

本宮少佐らがビルマである程度の活動ができるようになったのは、反対されていた作戦について、第一五軍が大本営を押しきり、インパール作戦が実行されてからだった。

だがここで再び陰唆大佐の所在は不明となった。インパール作戦のための作戦指導に当たっているとなっていたが、それ以上のことはわからない。

ただそれは隠蔽工作の類とも違う。インパール作戦が大失敗であったことは、作戦実行から一カ月もしないうちに明らかになっていた。

その失敗の影響で、部隊間の通信指揮系統が混乱していたためだ。隠蔽なら、隠蔽している人物に当たればいい。

しかし、混乱状況で誰にもわからないとなれば、これはもうお手上げだ。

不自然な消滅の仕方をした部隊から陰喚の動きを探ろうにも、インパール作戦の作戦域には、そんな部隊は幾つもあった。

そうした中で、動きがあったのは、イギリス軍のウインゲート旅団の将兵が投降してきた時だった。

捕虜たちの証言は、全員ほぼ同じであったが、内容が支離滅裂《しりめつれつ》だった。

軍医は精神を病んだのだろうと判断したが、念のために本宮たちに連絡したのである。

捕虜たちは五〇人ほどで、飢えとマラリアで死にかけていた。じっさい何人かは捕虜になってから死亡した。

生存者の尋問で彼らが語ったことは、信じられない内容だった。身長一メートルに満《み》たない原住民たちが、鉄道を敷設していたこと。

その原住民に襲撃され、部隊は後退したこと。

その中で、ジャングルの中にトンネルが現れ、部隊は地下に誘導されたこと。その地下には湖があり、中心に城塞のような島があったこと。

ウインゲート旅団は、そこで原住民と戦闘となり、多大な犠牲《ぎせい》が出たこと。

この捕虜たちは、負傷者を後送するために人の流れに逆らい、トンネルの外に奇跡的に出られたらしい。

確かに第一五軍の人間には、理解不能な話であろう。しかし、本宮少佐には、それがトゥチョ＝トゥチョ人であり、地下の城塞がアラオザルであることがすぐにわかった。

そしていま、この鉄道のレールがガダルカナル島の将兵の肉体も材料にされていることがわかった。

陰唆はガダルカナル島が実験であるようなことを言っていた。奴の最終目標は、このビルマでのインパール作戦にこそあったのだ。

「ここで何か作業をしていたのは間違いないな」

本宮は吐き気を抑えながら、そのジャングルに不自然に開かれた光景を目にしていた。

そこには鉄道の引き込み線があった。状況から察するに、何かを建造していたらしい。ただそれは尋常なものではない。

泰緬鉄道の工事で破損し、捨てられたものらしい、無蓋貨車や機関車の残骸はわかる。どうやら使える部品だけを取り外して、何かを組み立てていたらしい。

だがそれは機関車や貨車だけではない。無造作に捨てられた人体の一部が、周囲に散乱しているのだ。

それは切り取られたとか、切断されたものではなかった。腐って落ちたとか、潰されて千切れたものである。

さらにそこには手足が千切れ、腐っている二体の巨人の死体もあった。

「反魂で甦らせた死体を働かせ、使い潰したってことか、こりゃぁ」

さすがの戸山軍曹も、目の前の光景には絶句するしかなかった。

「死体を甦らせて、工場を作ったんだ。そこの巨人はさしずめクレーン代わりだ。

殺さねばならんな」

「陰唆をですか？」

「超常的な能力のことは問わないとしても、奴はもはや人間ではない。奴が言う大東亜凶永圏が完成すれば、世界は阿鼻叫喚《あびきょうかん》の地獄になる。

　奴は世界を滅ぼすつもりだ。綺麗事を言う積もりはないが、帝国が戦うのは、少なくとも世界を滅ぼすためではあるまい。他のどの国もそうだ。理想の世界は違っても、滅びは求めていない！」

「なら奴がここで作っていたのは？」

「世界を滅ぼすための道具だ」

　列車砲は、時速二〇キロほどの速度で、陰唆大佐が敷設させたビルマ鉄道を進んでいた。鉄道沿線には、列車砲に吸い寄せられるように、飢餓と疾病に冒された敗残兵たちが集まって来る。

　それらは列車砲に塗り込められた兵士たちの手によって、絡め取られ、自身もまた列車砲の一部となる。

　列車砲を牽引する牽引車の操縦席に、陰唆大佐は一人仁王立ちになっている。この列車砲に他の人間はいない。

「ただいま一五三〇」

「列車は順調に前進中」

　操縦席の天井に塗り込められ、ぶら下がっている一〇ちかくある人間の頭が、それぞれに自分の役割ごとに報告する。

　機関車の状態、現在時刻、呪詛の蓄積具合などなど。天井からぶら下がる頭部は、日本兵だけでなくイギリス兵のものもある。

それらは列車砲と共に生きていた。ただすでに正気は失っていた。それでいいのだ。陰唆は部下が必要以上の事をするのを好まない。

「ヒヤデス星団やユゴス星の星回りはどうか?」

「計算中です」

制御卓にも頭が埋め込まれていた。目から上だけを出し、経理部の人間達だった頭部が頭頂部に移された口から報告する。計算に強いだろうと、経理や主計の人間は、計算機として使っている。正気は失っていても、計算はできる。

計算専用の頭は三個。同じ計算をして三つの頭の答えが合えば、それで正解だ。

星回りと、時間と、場所、それらが合致《がっち》すれば、時間と空間を超えて、好きな場所を好きな時間に破壊できる。

つまり歴史を改編できる。それには膨大《ぼうだい》なエネルギーが必要だが、人間の負の感情やロイガーやツァールなどの旧支配者の怒りを集めたことで、十分な負の精神エネルギーは蓄えられた。

「標的はわかっておろうな?」

「昭和一五年九月のロンドン、昭和一六年一〇月のモスクワ」

制御卓の頭は白目を剥いたまま報告する。この二つの時と場所で負のエネルギーが展開すれば、ロンドンもモスクワも消滅するだろう。

歴史は変わり、戦局は逆転する。ドイツは原子爆弾を完成させることができる。それはインド洋経由で日本にももたらされるだろう。アメリカも原子爆弾の完成を急ぐことになる。

これにより人類文明が消滅する準備が整う。陰唆大佐は教え諭《さと》すように、制御卓の頭部に話しかけるが、それに対する返事はない。

「まぁ、死人傀儡に魂などないからな」

そして天井の頭が叫ぶ。

「何者か来やり」

「私の餌に食いついてくれたようだな本宮君、じつに嬉しいよ。私には君の協力が是非とも必要だ」

陰唆大佐は、制御卓に開いている穴を見る。人の頭がちょうど収まるほどの穴を。

陰唆大佐が敷設した鉄道は、途中から普通の鉄道へと変わっていた。つまり鉄のレールを使った鉄道へだ。

ただし、それはかなりの年代物と思われた。イギリスが植民地支配のために敷設した鉄道だろうか。

「機関長、こりゃ、罠かもしれませんぜ」

六分儀で位置を観測していた戸山軍曹が地図に示す。

「いつの間にか、とんでもない距離を移動してますぜ。一〇〇キロ近くずれてますよ。あの陰唆の鉄道、まともじゃねぇ。ここは泰緬鉄道だ。俺達は戻ってる！」

「距離を自在に変えられる鉄道か、奴らしい」

それはとんでもない事実のはずだが、いまの本宮少佐には、些事《さじ》に過ぎなかった。それまでに驚くべきものを余りに見せつけられてきた。

距離が違うくらい何ほどのことがあろう。

「もう少ししたら木橋があって、そこを通過すればアンカトンやキャンドーに出るはずです」

「各員、戦闘に備えよ！」

本宮少佐はそう命じたものの、どこまで意味があるか、自信はなかった。装甲牽引車は鉄道の上を走れる装甲車のようなもので、武装は機銃だけ。

陰唆大佐が何を作り上げたか知らないが、こんなもので太刀《たち》打ちできるとは思えない。戦車を持ち込んでも同じだろう。

「前方に何かいます！」

操縦員が叫ぶ。本宮は砲塔に上がって、前方を見る。双眼鏡の中に映ったのは、奇怪な車輌だった。

「列車砲か！」

それは貨車二両を連結した列車砲だった。異様に口径の大きな主砲を載せた列車砲本体とそれを牽引しているらしい牽引車である。

しかし、それは存在自体が矛盾しているように本宮には思えた。

だいたい巨砲を載せた列車砲は狭軌鉄道で運用するようなものではない。重心は高くなるし、火砲の反動もある。最低でも標準軌以上のゲージ幅の鉄道で用いられるべき物だ。

だがその列車砲は異様に幅広い車体が、あたかも一輪車のように狭い軌道に乗って走っている。

どうして幅が広いのか？　それは双眼鏡の焦点が合ったときに明らかとなった。

「陰唆め！」

それは車体幅が太いのではなかった。車体に何百何千という肉体が埋め込まれているためだ。車体に腕だけがイソギンチャクのように生えているが、頭や足は壁に呑み込まれ、車体のあちこちには、誰のものとも判別できない目鼻がちりばめられておる。

それでもわかるのは、彼らがもがき苦しんでいることだ。恐らくはこのまま永遠に。

「銃撃開始！　目標、列車砲！」

二両の装甲牽引車が同時に列車砲へ機銃掃射をかける。距離は近い。銃弾は確実に列車砲に命中していた。

「本宮君、そんなもので、この邪神列車砲は止められはせんぞ！」

主砲の上に陰唆大佐が現れる。だが本宮はそれには答えず、列車砲への銃撃を続けさせる。

「機関長、機銃なんかじゃ埒《らち》があきませんぜ！」

「そんなことはわかってる！　戸山にはあの列車砲に塗り込められた将兵の苦しみが聞こえんのか！　彼らを助けられんのなら、せめて楽にしてやるのが情けじゃないか！」

そう、本宮の目的は、列車砲の部品として塗り込められた人間達を苦痛から解放することにあった。

じじつ彼には、銃撃で死んだことで、列車砲という煉獄《れんごく》から解放された人間達の安堵の声が感じられたのだ。

それは本宮だけではなかった、陰唆大佐もそうだった。彼は憤怒の表情で叫ぶ。

「あくまでも私に逆らおうというのか！」

列車砲は急に速度を落とす。装甲牽引車との間合いが衝突寸前になると、本宮は列車砲の主砲へ飛んだ。

「こうやって貴様の前に現れればいいのだろ！」

「そう、最初から大人しく我に従えばいいのだ」

「生憎だが従うつもりはない」

本宮は拳銃を陰唆大佐に向ける。

「驚いた。そんなものがこの私に通用すると思っているのか？」

「やってみなければわかるまい」

本宮は余裕綽々《しゃくしゃく》の陰唆に向かって銃弾を放つ。銃弾は、陰唆の片腕を噴き飛ばし、陰唆は獣のような悲鳴をあげる。

「な、なにをした！」

「伊勢神宮より取り寄せた清めの塩だ。その塩から作りだした邪を祓う銃弾だ。これが効くとは、お前、やはり人間ではないな」

「少なくとも、お前たちとは違う」

陰唆大佐は車体に生えている腕を無造作に引き抜くと、それをいま噴き飛ばされた肩にくっつけた。それは見る間に一体となった。

「肉体など所詮は器に過ぎぬ！　精神こそが人かそうでないかを決めるのだ！」

「精神は相応の肉体に宿るのではないか。なら、やはりお前は人間じゃない！」

本宮は塩の銃弾を全弾撃ち込んだ。だが陰唆は立っている。

「精神力とは彼のごとく、偉大なものなのだよ。君の武器は、私にとって未知の存在であったからこそ、最大の効果を発揮した。

　だがその正体が明らかになったとき、精神力は対抗処置を取ったのだよ。私はこの肉体から苦痛を遮断《しゃだん》した。私の体内で、穢《けが》れを祓う塩が腸を焼け焦がそうとも、私には痛みなど感じないのだ」

　本宮は拳銃を捨てた。もはや意味はない。後はどうする。懐の短刀で刺し違えるか。

「懐の短刀で刺し違えたとしても、私の精神は甦る術を知っている。

　だが君にはそれはない。護符の石さえも、なくなった。

　いい加減、思い出してもよい頃ではないかね。二十数年前、本宮家に一膳の飯を乞うた浮浪者のことを。深き者どもから君らを守る護符、それを与えたのは私だ」

「なにっ！」

「驚いているようだね。当然だ、私の魂はここにはない。ここより遥かに時空を超えたところにある。

　イースの大いなる種族と呼ばれたりするがね。我々の主観では、我々こそが人間、君らは動物に過ぎん。興味深い、動物ではあるがね」

「人間が動物だとして、そんな動物になぜ、護符を渡した！　でまかせを言うな！」

「なぜ渡したかって？　役に立つからじゃないか。君は特別な存在なのだ。数百年に一度、星の位置が最適な瞬間に生まれた人間は、この大東亜で君だけだ。君をこの列車砲の部品とすれば、呪の精神力は数倍に活性化するのだよ。

そんな大事な人間を下らぬことで死なせるわけにはいかないじゃないか」

「ガダルカナル島で自分を砲撃で殺そうとしたのはお前じゃないか！」

「だが、君はアラオザルでもガダルカナル島でも、護符により助かったではないか。そしてあの経験から、君の怒りと悲しみは君の精神の中で確実に増え続けている。私はそれを待っていたのだよ。

逆境は人間を育てるというではないか。私の与えた試練が、君をこの邪神列車砲の最重要部品に育て上げたのだよ。

我々、大いなる種族は、時間に捕らわれない。時空を自由に意識を移動できる。歴史の支配者なのだよ。だから君たちが我々の役に立つことは、君が生まれた時からわかっていた」

「それは嘘だ！」

本宮は言った。

「嘘だと？　何が嘘だね？」

「お前たちが本当に歴史の支配者ということがだ。お前たちが歴史の支配者なら、哀れな巨人を作り、こんな邪悪な列車砲を作ることも歴史として定められていたというのか？　そんなはずがない。歴史が決まったレールの上を移動するものなら、変えられない運命なら、歴史を移動できるとか言うお前たちが、こうして人間社会に介入するはずがない。介入自体が無駄だとわかるからな。

そうではなく、お前たちがこうして介入しなければならないのは、歴史が変えられるからじゃないのか。歴史を変えねばならないとしたら、お前たちもまた歴史の虜《とりこ》だ」

「我々の介入もまた、歴史に組み込まれている、そうは考えんのかね？」

「考えんね。そうだとすれば、自分が伊勢神宮の塩の弾丸を放ったとき、あれほど驚かなかったはずだ！　それとも驚きもまた歴史に定められていたのか！」

陰唆大佐は嬉しそうに手を叩くが、その目は笑ってはいない。

「素晴らしい。たった一発の銃弾からよく、そこまで見切ったものだ。人間にしておくのは惜しい人材だ。

だからこそ、君を組み込めば、この列車砲は歴史を変える武器となる。我らの繁栄の障害となる旧支配者たちを、永遠に幽閉《ゆうへい》する武器となるのだよ」

「旧支配者？」

「この列車砲と一体化すれば、君にもそれが何かわかるよ。太古に地球の覇権《はけん》を争った邪神たちとでも言っておこう。

彼らは復活を望んでいる。その復活を阻止するのがこの列車砲だ」

「邪神の復活を阻止するためなら、幾万の人間の犠牲は甘受しろというのか！」

「幾万じゃない、幾億だよ、本宮君。邪神たちはどうやって復活を企んでいるか？　人間だよ、奴らは人間を下僕として、あるいは贄として使うことで復活しようとしているのだ。

そんな人間は列挙にいとまがない。君とて北米東海岸での騒動は知っているはずだ。インスマウスの事件だよ。

あれなど氷山の一角。そしてそれは欧米だけではない、日本でも類似の人間は現れている。西行などその代表だよ。

だから邪神の復活を永久的に封じるための手段は一つ、この地球から人間を一掃することだ」

「この列車砲で人類を一掃だと、馬鹿かお前は！　列車砲一つで何が出来る！」

「なるほど列車砲でできることは限られているさ。だが歴史の重要な場所に働きかけることで、歴史は変わるのさ。

いまアメリカは原子爆弾を開発中だ。同じものをドイツも製造している。そして君らの帝国もだ。

この戦争が長引けば、列強が原子爆弾を開発し、そして相互に使用しあう。それで動物としての人間は絶滅しないとしても、人類の文明は己の原子爆弾で消滅する。

そう、人間は猿にまで退化する。猿に旧支配者の復活は不可能だ。

邪魔者のいない地球で、我々は永遠に繁栄する。じつに単純な話だ」

「貴様！」

陰喚大佐に飛びかかろうとした本宮だったが、彼は動けなかった。いつの間にか砲身から生えてきた何本もの腕に足をつかまれていたためだ。

「さて、そろそろゲームエンドと行こうじゃないか。何度も言うように、君を殺したりはしない。邪神の眷属は貴重な資源だからな。何より星回りが理想的だ。君のような人間は、千年に一人しか現れないのだよ」

その時、列車砲が大きく揺れる。

「何事だ！」

列車砲は木橋の上を通過していた。その橋の橋脚が爆破され、列車砲は木橋と共に川に転落しつつあった。

装甲牽引車は辛うじて、落下を免れたが、戸山軍曹も本宮少佐を助けられない。木橋は崩れ、列車砲は完全に川に沈む。

「馬鹿者め！　この程度でこの列車砲が破壊できると思ったか。この時空に自由に操れる列車砲を！」

陰唆大佐は、叫んだ。だが彼にも予想外のことがあった。

川の中に、多数の海妖が彼らを待ち構えていたことだ。あるものは本宮少佐をつかまえている腕を取り除き、彼を川岸まで運ぶ。そしてあるものは、陰唆大佐をしっかりとつかまえる。

陰唆はそれから逃れようとするが、逃れられない。列車砲からの無数の腕が、彼の手と言わず足と言わず、その身体をつかまえて離さない。

そして彼は真正面から、その海妖を見た。

「貴様か！」

「お前だ」

それは海妖となった本宮武雄海軍中佐と村木主計大尉だった。

「お前を待っていたのさ」

陰唆大佐は、その瞬間燃えはじめる。青白い燐光を放ち、その死体は灰になる。

「こいつも反魂で作られた男だったのか」
そして本宮少佐は村木に言う。
「そっちを頼む」
村木となった海妖は、列車砲の制御卓に向かう。
――還りたくないか？
――還りたい、還れるのか？
――始末をつければな
――始末？
――家族はどこにいる？
――働き手の俺がいないから、広島の親戚のところに疎開《そかい》している
――なら、家族を守りたいだろ
――守りたい
――なら私に従え。列車砲のすべての力を解放する。そうすれば、世界は救われる
そうして村木主計大尉だった海妖は、制御卓に埋め込まれた経理部の下士官たちにすべき事をつたえた。
昭和二〇年八月六日早朝。テニアン島のB29の航空基地が大音響と閃光により基地ごと消滅した。
アメリカ合衆国政府と米軍首脳は、それがテニアン島に運んだファットマンとリトルボーイの二発の原子爆弾が、何等かの事故で誘爆したものと判断した。
テニアン島の基地の消滅は、日本政府もすぐに察知した。そしてその破壊力に、恐怖した。

中国の成都にあるB29基地は、健在だったからだ。

　八月九日、ソ連軍が一方的に満州に侵攻。大本営はポツダム宣言受諾《じゅだく》を決定。

　八月一五日、玉音《ぎょくおん》放送と共に、第二次世界大戦は事実上、終戦を迎える。

　そして昭和二二年三月。武装解除された航空母艦海鷹はビルマ方面軍の日本軍将兵を乗せて、日本に向かっていた。

「機関長、何してるんですか？」

　飛行甲板から海を眺めている本宮に戸山は言う。

「機関長はやめろ、蛇魂機関はもうないんだ」

「そうですけどね、もう習い性《しょう》になってててね」

「ふん、勝手にしろ」

「で、日本に戻って何しやす？」

「さて、元陸軍将校なんかに働き口なんかあるかね」

「思うんですけどね」

「なんだ？」

「自分、陸軍勤務でえらい目に遭いましたからね、これから陸じゃなくて海に出ようと思うんですよ。世界の海を回る仕事。どうです？　機関長も？」

「海か、悪くないな」

　海に還ろう、そんな言葉が本宮少佐には聞こえた気がした。

呪走！ 邪神列車砲

2016年5月1日　第1刷

著　者
林 譲治

発行人
酒井 武史

カバーおよび本文中のイラスト　高荷 義之
帯デザイン　山田 剛毅

発行所　株式会社　創土社
〒165-0031　東京都中野区上鷺宮5-18-3
電話 03-3970-2669　FAX 03-3825-8714
http://www.soudosha.jp

印刷　株式会社シナノ
ISBN978-4-7988-3033-9　C0293
定価はカバーに印刷してあります。

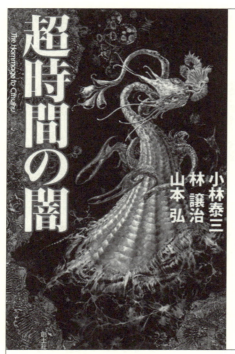